हिन्द पॉकेट बुक्स

मोबी डिव

सफ़ेद व्हेल से मुठभेड़

इस्माएल ने अपनी पिछली सारी नौकरियां माल ढोने वाले जहाज़ों पर ही की थीं, किन्तु वह अब उस कार्य से थक चुका था। वह शिकारी जहाज़ों में नौकरी करना चाहता है, ताकि किसी साहसिक यात्रा पर निकल कर कम-से-कम व्हेल का तो शिकार कर ही सकता था। व्हेल का शिकार भी अपने आप में बहुत जोखिम भरा होता है। इसमें व्हेल के शिकारियों की साहस एवं बहादुरी की कहानी को छोटों एवं किशोरों के लिए सजाया-संवारा गया है, ताकि इन्हें पढ़कर उनमें उन जैसा बहादुर बनने की प्रेरणा जाग सके।

इसमें समुद्री शिकारियों की साहस एवं वीरता की कहानी बहुत सरल भाषा में रोचक ढंग से लिखी गई है। कहानी को सुन्दर रेखाचित्रों से भी सजाया गया है।

द स्पाउटर सराय में इस्माएल की दोस्ती क्यूकेग से होती है, जो एक काला अफ़्रीकी आदिवासी है। क्यूकेग दिखने में जंगली-सा, उसका सिर एकदम सफाचट मुंडा हुआ था। वह बदसूरत था, पर भद्दा नहीं, वह शिष्ट और सभ्य था व धार्मिक विचारों से भरपूर। पढ़िए सफ़ेद व्हेल से मुठभेड़ की कहानी और आप भी बहादुर बनिए।

सुरुचिपूर्ण एवं प्रेरणादायक विश्व क्लासिक उपन्यास

मोबी डिक

सफ़ेद व्हेल से मुठभेड़

विश्व के महान उपन्यासकार

हरमन मेलविल

के अमर उपन्यास

Mobi Dick or The Whale

का हिन्दी रूपान्तरण

हिन्द पॉकेट बुक्स

पेंगुइन रैंडम हाउस इम्प्रिंट

हिन्द पॉकेट बुक्स

यूएसए | कनाडा | यूके | आयरलैंड | ऑस्ट्रेलिया | सिंगापुर
न्यू ज़ीलैंड | भारत | दक्षिण अफ्रीका | चीन

हिन्द पॉकेट बुक्स, पेंगुइन रैंडम हाउस ग्रुप ऑफ़ कम्पनीज़ का हिस्सा है,
जिसका पता global.penguinrandomhouse.com पर मिलेगा

पेंगुइन रैंडम हाउस इंडिया प्रा. लि.,
चौथी मंजिल, कैपिटल टावर -1, एम जी रोड,
गुड़गांव 122 002, हरियाणा, भारत

पेंगुइन
रैंडम हाउस
इंडिया

प्रथम संस्करण हिन्द पॉकेट बुक्स द्वारा 2011 में प्रकाशित
यह संस्करण हिन्द पॉकेट बुक्स में पेंगुइन रैंडम हाउस द्वारा 2022 में प्रकाशित

10 9 8 7 6 5 4 3 2

इस पुस्तक में व्यक्त विचार लेखक के अपने हैं, जिनका यथासंभव तथ्यात्मक
सत्यापन किया गया है, और इस संबंध में प्रकाशक एवं सहयोगी
प्रकाशक किसी भी रूप में उत्तरदायी नहीं हैं।

ISBN 9789353491895

मुद्रकः रेप्रो इंडिया लिमिटेड

www.penguin.co.in

FSC
www.fsc.org
MIX
Paper from
responsible sources
FSC® C047271

This is a legitimate digitally printed version of the book and therefore might not
have certain extra finishing on the cover.

सफ़ेद ह्वेल से मुठभेड़

'मोबी डिक'

मुझे इस्माएल कहते हैं; इस्माएल का अर्थ यूं तो 'जिसकी ईश्वर सुने' होता है; लेकिन ईश्वर ने मेरी अरदास कभी नहीं सुनी! ईसाईयों की धर्म पुस्तक बाईबिल में भी एक इस्माएल का ज़िक्र आता है; 'उसकी मां हाज़रा ने ईश्वर के किसी दूत की सलाह मानकर उसका नाम इस्माएल रखा था; जिससे वह सदा ही ईश्वर का चहेता रहा'; लेकिन मेरी मां के पास तो कोई देवदूत शायद आया नहीं था; तो भी उसने मुझे वह पवित्र और शुभनाम दिया; हालांकि मैं सदा-सदा ईश्वर की मेहरबानियों से बचा ही रहता रहा; इतना कि कई-कई बार तो मेरे जीवन में कई-कई दिनों तक भूखा रहने की नौबत भी आती रही!

सचमुच मैं बहुत बार बहुत घनी परेशानियों से घिरा रहा हूं। अभी कुछ साल पहले की ही बात बताए देता हूं, मेरे भोजन की थाली में से खाने की चीज़ें जब एक के बाद एक-एक करके कम होनी शुरू हो गईं तब मैंने कोई भी रोजगार करने की ज़रूरत महसूस की; लेकिन फिर ख्याल आया कि मुझसे क्या–कुछ करते बनेगा? सोचते-सोचते मुझे बस एक ही उपाय सूझा–कहीं दूसरा

कुछ भी करने से अच्छा तो यही रहेगा कि मैं फिर एक जहाज़ी ही बन जाऊं; किसी जहाज़ पर नौकरी कर लूं...।

मुझे यह एकाएक ही नहीं सूझ गया था और यह कोई पहला ही मौका नहीं था, जब मेरे सामने ऐसी कठिनाई आ खड़ी हुई थी; इसके पहले भी ऐसे कई वक़्तों से निपटने के लिए मैं जहाज़ी ही बनता आया था। जहाज़ी बनना मुझे रास भी खूब आता था; जगह-जगह अनजाने ठौर-ठिकानों पर घूम-फिरो; दुनिया-जहान के बारे में अपनी जानकारी बढ़ाओ, तरह-तरह के आदमियों, समाजों और उनके खान-पान, पहनावे, रीति-रिवाज़ और सभ्यता को समीप से जानो। दुनिया में बहुत से सैलानी हो चुके हैं, उनमें से एक की कहन तो सैलानियों में आज भी चली आ रही है, और मेरा यक़ीन भी कुछ ऐसा ही रहा है कि 'सैर कर दुनिया की ग़ाफ़िल ज़िंदगानी फिर कहां... ज़िंदगी भी गर रही तो नौजवानी फिर कहां?'

अपनी पिछली सारी नौकरियां मैंने माल ढोने वाले जहाज़ों पर की थी। ऐसे सारे जहाज़ हर बंदरगाह पर ठहरते-ठहरते हुए चला करते हैं; क्योंकि उन्हें रास्ते में पड़ने वाले सारे बंदरगाहों पर माल पहुंचाना होने के कारण माल को उतरवाना और वहां से ज़रूरी हुआ तो फिर दूसरा माल चढ़वाना भी हुआ करता है और उनके रास्ते भी लगभग एक से ही रहा करते हैं; पहले से ही सब कुछ निश्चित किया हुआ और तय रहता हुआ–एकदम सीधा; यहां से चलकर वहां और फिर वहां से चलकर वहां रुकना होता है। कहीं न कोई बदलाव और न कोई भटकाव। न वे अनजान स्थानों पर कहीं रुकते हैं और न वे अनजान समुद्रों में उतर सकते हैं। उनमें रचे-बसे जहाज़ियों को आनंद के बजाय उकताहट ज़्यादा महसूस होती रहा करती है; और वे एक लंबे समय के बाद अपने-आपको भी बस मशीन ही समझने लग जाया करते हैं जब कि आदमी की तो फ़ितरत ही होती है कि उसे बदलाव पसंद आया करता है–उसे एक ही ढ़र्रे से बंधी ज़िंदगी रास नहीं आया करती है। लगातार एक स्थान और एक से हालात में रहते-रहते जैसे पानी में सड़न पैदा हो जाती है, ठीक वैसे ही आदमी में से भी रोज़-रोज़ एक जैसा रहते हुए कुछ न कुछ खत्म होने लग जाया करता है–उसमें कुछ रोग उभरने लग जाया करते हैं।

और मैं वैसा होना भी नहीं चाहता था। इसलिए इस बार मेरा विचार बना कि किसी साहसिक यात्रा पर जाने वाले जहाज़ पर ही नौकरी की जाए और

नहीं तो कम से कम ह्वेल के शिकार पर निकलने वाले किसी जहाज़ पर तो नौकरी कर ही सकता हूं। मैंने सुन रखा था कि ह्वेल का शिकार भी अपने-आप में बहुत जोखिम भरा रहा करता है और शिकारियों क़ा तो लगभग रोज़ ही अपनी मौत से आंख-मिचौली का सा खेल चलता ही रहा करता है। मैंने पक्का इरादा कर लिया कि बस अब किसी शिकारी जहाज़ पर ही नौकर होना है। ऐसा नहीं था कि मैंने ह्वेल के बारे में सिर्फ सुना भर ही था, बल्कि अपनी कई यात्राओं में समुद्र से गुज़रते हुए मैंने उन्हें अपनी आंखों से भरपूर निहारा भी था। इस दुनिया में पाई जाने वाली दूसरी सब मछलियों में तो कोई उसकी सानी होती ही नहीं बल्कि अन्य दूसरे जीवों में भी उससे बड़ा जीव कोई होता ही नहीं होगा। कोई-कोई ह्वेल तो किसी छोटे-मोटे जहाज़ के बराबर की ही रहती है और उसकी ताक़त का अंदाजा इस एक बात से लगाया जा सकता है कि वह यदि अपनी पर आ जाए और जहाज़ में टक्कर मार दे तो जहाज़ियों पर तो आफ़त ही आ जाए यानी उसकी टक्कर से जहाज़ टूट भी सकता है। वह अधिकतर तो पानी में भीतर ही भीतर तैरा करती है और प्रायः ऊपर सतह पर कम ही आया करती है, क्योंकि उसे दूसरी कितनी ही मछलियों की तरह अपना भोजन प्राप्त करने के लिए पानी के ऊपर आने की ज़रूरत नहीं पड़ती, बल्कि वह अपना भोजन पानी में नीचे ही प्राप्त कर लेने की आदी होती है। वह अधिकतर तो पानी में निचली सतह पर पैदा होने वाली एक खास किस्म की काई का ही भोजन किया करती है और उससे भी बड़ी बात यह कि जब वह पानी की सतह पर ऊपर आ जाती है तो उसके न चाहते हुए भी थोड़ी-बहुत हवा उसके पेट में पहुंच जाया करती है जो उसे ज़रूरी तौर पर पानी से ऊपर उठने को मजबूर करती रहती है; उसके मुंह से फूत्कार या नथुनों से फुहार छोड़ते रहने की जड़ में भी यही कारण होता है।

और पानी की ऊपरी सतह पर वह एकाएक ही नहीं चली आती है, बल्कि जब वह सतह पर आती है तो उसके आने के काफ़ी पल पहले से उसके आने के लक्षण पानी पर बुलबुलों की शक्ल में प्रकट होने लग जाया करते हैं और जिन्हें समुद्र में चल रहे तजुर्बेकार जहाज़ी मीलों दूर से भांप जाया करते हैं; क्योंकि जब वह पानी के ऊपर आती है तो ऐसा लगने लगता है मानो समुद्र में कोई भयंकर भूचाल आ गया हो और पानी की छाती फाड़कर नीचे से कोई पहाड़ ही निकल पड़ा हो। अपने बड़े-बड़े नथुनों से वह ऊंची से ऊंची फुहार

ह्वेल के शिकार पर जाता हुआ जहाज़

छोड़ते हुए ऐसा दृश्य साकार कर डालती है मानो पानी उछलकर आसमान छू लेना चाहता हो। वह अपनी सांस में से हवा को बाहर उलीचते हुए पानी में धीरे-धीरे नीचे बैठने लग जाया करती है। उसके नीचे बैठ जाने की कोशिश करने से पानी में एक बहुत बड़ी भंवर सी अपने-आप बनने लगती है और उसकी चपेट में आकर बड़ी से बड़ी नाव भी चक्करघिन्नी की भांति चक्कर लगाती-लगाती डूब जाया करती हैं। ह्वेल के शिकार पर निकले शिकारियों की दशा भी अजीब से उन्माद में घिरे व्यक्ति सी रहती है और मानो वे सिर से कफ़न लपेटकर अपने क़ातिल को खोजने वाले व्यक्ति के समान ही होते हैं। जैसे ही समुद्र में बुलबुले उठने की भनक मिली कि शिकारी फटाफट छोटी-छोटी नावों में बैठकर उधर दौड़ पड़ते हैं और ह्वेल को देखते ही निशाना साधकर उस पर हारपूनों की वर्षा कर दिया करते हैं। हारपून दरअस्ल कांटेदार नोकीले बर्छों को कहते हैं जो ऐसी रस्सी से बंधे होते हैं जिसका दूसरा सिरा नाव में रखी रस्सी की गुण्डल से बंधा रहता है।

ह्वेल के जाने-माने और माहिर शिकारी भी इस बात से इंकार नहीं कर सकते कि शिकार के लिए जब शिकारी रस्सियों से बंधे अपने हारपून ह्वेल की ओर फेंकते हैं तो शिकारियों से उनकी मौत का फांसला क्षण भर में ही सिकुड़ जाया करता है और कोई शिकारी जब ह्वेल के शिकार से सकुशल लौट कर घर वापस लौट आता है तो मानो उसका दूसरा जन्म ही हुआ होता है!

मैंने बहुत से जहाज़ियों को कहते सुना है कि ह्वेल के शिकार के लिए केवल वे जहाज़ी ही निकल चल सकते हैं जो अपनी छाती में शेर का कलेजा रखते हों; क्योंकि इसमें मौत की रफ़्तार बहुत तेज़ हुआ करती है।

मैं गोरी नस्ल का ज़िद्दी नौजवान होने के कारण भय नाम की चिड़िया से परिचित नहीं था इसलिए मेरी भारी इच्छा रही कि किसी शिकारी जहाज़ पर काम करके उन तज़ुर्बों से खुद गुज़रकर देखूं और चूंकि मेरा कोई नज़दीक या दूर का संबंधी भी नहीं था जो मुझे किसी ऐसी जानलेवा यात्रा पर निकलने के मेरे इरादे से रोक सकता।

मैं बंदरगाह के निकट ही एक कस्बे का रहने वाला होने के कारण बहुत से जहाज़ियों से परिचित था, जिन्होंने मुझे सलाह दी कि मैं अगर ननटुकेट जाकर शिकारी जहाज़ों के कप्तानों से जाकर मिलूं तो शायद कोई मुझे काम पर रख भी लेगा, इसलिए मुझे न्यू बैडफोर्ड नगर जाकर ननटुकेट के लिए जहाज़

पकड़ना होगा क्योंकि शिकारी जहाज़ ननटुकेट बंदरगाह से ही निकला करते हैं; मैंने यही किया, लेकिन ननटुकेट जाने वाला जहाज़ मेरे न्यू बैडफोर्ड पहुंचने से पहले ही छूट चुका था और अब दूसरा जहाज़ सोमवार से पहले छूटने वाला नहीं था! मेरे पांवों के नीचे से मानो धरती ही निकल गई थी। मेरी हताशा का कारण यह था कि अब मुझे अपनी थोड़ी सी जमा-पूंजी के भरोसे ही इस अनजाने और मंहगे नगर न्यू बैडफोर्ड में दो रात और एक दिन का लंबा वक़्त गुज़ारना होगा क्योंकि उस दिन शनिवार था। इस प्रकार आसरे की तलाश में भी मेरे ईश्वर ने मुझे बहुत अधिक दौड़ाया।

वह शनिवार का दिन था। न्यू बैडफोर्ड की वह शाम! अंधेरी, निस्तब्ध और हाड़ कंपाने वाली सर्दी! और मैं बगल में टाट को अपना पुराना थैला लटकाए, इधर से उधर किसी सस्ते से आसरे की तलाश में सड़कों पर मारा-मारा फिर रहा था। मेरे दिमाग़ पर बस यही सोच हावी थी कि अपनी थोड़ी सी जमापूंजी के जरिए मैं कौन सी सराय में रात काटने का सुभीता पा सकूंगा और इसलिए ही मैं यहां-वहां पूछता फिर रहा था। मेरा मन बार-बार मुझे सावधान कर रहा था–'बेटा इस्माएल किसी सराय या होटल में घुसने से पहले अपनी हैसियत को ज़रूर तौल लेना, रेट मालूम कर लेना, नहीं तो बाद में किसी फ़जीहत में फंस कर दुर्गति करा लोगे। और खर्च हाथ रोककर करना।'

आख़िरकार बहुत मंहगे-मंहगे होटलों में घुसकर पूछ-ताछ करते-करते मुझे एक सस्ती सी सराय का पता मिला। किसी ने बता दिया–'बंदरगाह के पास वाली बस्ती में कुछ सस्ती सराय हैं।' मैं बड़े उत्साह से बस्ती की ओर चल पड़ा; और शीघ्र ही एक कम ऊंची, किंतु बड़ी सी हवेली जो धुंधलके में घिरी हुई थी मेरे सामने थी! निर्भय हो मैं भीतर घुस गया। हॉल में एकदम धुंधुलका फैला हुआ था! सैकड़ों निगाहें पल भर में मेरी ओर दुत्कार भाव से घूम गईं–यह नीग्रो लोगों का उपासना गृह था। 'धत् तेरे की इस्माएल बेटा, लौटो, लौटो।' मेरे मुंह से अपने आप फूट पड़ा और मैं उल्टे पांव तेज़ी से बाहर निकल आया। 'इस दड़बे में तुझसे रहा भी तो नहीं जाता!' मैंने अपने-आप को समझाया। कुछ देर बाद मैं एक दूसरी गली में पत्थर से बनी एक पुरानी सी हवेली के बाहर खड़ा हुआ था। वहां चप्पे-चप्पे से अजीब सी उदासी और गरीबी प्रकट हो रही थी और खिड़की से बाहर निकल कर मोमबत्ती का धुंधला-धुंधला पीला सा प्रकाश सड़क पर फैली बर्फ पर पसरा पड़ा था। पास पहुंचकर जब मैंने नज़रें

ऊपर उठाईं तो दीवार पर एक टूटा-फूटा सा बोर्ड भी लटका हुआ पाया जिस पर धुंधलाए अक्षरों में पढ़ा–'दा स्पाउटर सराय : पीटर काफिन।'

यह एक ढलुआ छत वाला यानी खपरैल का, मकान था। देखने ही से लगता था कि इसके मालिक की हालत पतली है। मैंने सोच लिया कि–'लंगर यहीं पड़ेगा।'

प्रभु का नाम लेते हुए मैं सराय में प्रवेश कर गया। भीतर अजीब माहौल था। एक गंदे से कमरे में मेज़ पर मोमबत्ती के हल्के प्रकाश में गंदे-संदे कपड़े पहने कुछ जहाज़ी बैठे हुए थे। वे आपस में बहसते, बतियाते हुए बाजियां बद रहे थे। चारों तरफ़ मछली के शिकार में इस्तेमाल होने वाले बरछी तथा भाले और रस्सों के बड़े-बड़े गुण्डल बिखरे पड़े थे। मुझे यक़ीन हो गया कि मैं सही जगह आ पहुंचा हूं। अब बस, इसी मुकाम पर रात बिताई जाएगी। अपने पहले जीवन में मैं स्वयं भी तो जहाज़ पर काम करने वालों में से ही एक रहा था और इस प्रकार की ज़ीवनशैली से मुझे कोई गुरेज़ ही क्यों होगा जब कि मैं अब की बार ह्वेल के शिकारियों की पंगत में शामिल होने ही के लिए तो घर से यहां तक आया हूं। मैंने सराय के मालिक के बारे में पूछा तो वहां मौजूद लोगों में से एक ने मुझे एक कोने में बैठे महीन, पतले और नींद सताए हुए एक बूढे की ओर इशारा करके दिखा दिया–'वह रहा!'

मैंने जाकर बड़ी ही आजिजी से अपनी ज़रूरत उसे बताई और पूछा–'क्या मुझे यहां रात बिताने के लिए जगह मिलेगी?'

बूढ़े ने सपाट मना कर दिया–'नहीं, इस समय यहां कोई जगह नहीं है।'

उसका टका सा जवाब पाकर मुझे कोफ़्त तो बहुत हुई, पर मैंने अपने पर काबू रखकर अपनी मांग फिर दोहराई–'बाहर बड़ी ठंड है, इतनी रात गए कहीं और जाने के लिए कृपया नहीं कहें–मैं बड़ी दूर से आ रहा हूं, कमरा अगर नहीं दे सकते तो यहीं किसी कोने में बैठकर रात काट लेने की इजाज़त तो दे ही सकते हैं। मेरी मजबूरी का ख्याल करें...।'

'मैं भला क्या ख्याल करूंगा, मेरी भी तो मजबूरी है! मैं कुछ नहीं कर सकता...' बूढ़ा कह तो गया लेकिन फिर ठहरकर सिर खुजलाते हुए बोला, 'हां, एक सूरत है, डबल-बिस्तरे वाले एक कमरे में एक हारपूनिया अकेला रह रहा है, अगर तुम वहां उस कमरे में उसी पलंग पर एक ओर पड़े रहकर रात बिता सकते हो तो उस हारपूनिए को इसके लिए मैं राजी कर लूंगा।... वैसे

मेरा अनुमान है तुम भी तो ह्वेल के शिकार वाले किसी जहाज़ पर ही जाने वाले हो इसलिए किसी हारपूनिए के साथ एक ही कमरे में पड़ रहने में तुम्हें कोई ऐतराज होना नहीं चाहिए; आखिर तुम सारे जहाज़ियों की बिरादरी एक ही तो है...;

'मैं आज तक कभी किसी कमरे में किसी दूसरे के साथ ठहरा तो नहीं हूं', मैं बोला, 'लेकिन ऐसी हालत में जब दूसरी कोई सूरत है ही नहीं तो यही सही!'

'तो समझो तुम्हारी परेशानी समाप्त...', बूढ़ा बोला, 'बैठ जाओ, उस हारपूनिए को आ लेने दो, बस!'

मैं वहां बिछी बैंच पर ही बैठ गया; भला ऐसी हाड़ कंपा देने वाली ठंड में और जाता भी कहां और किसकी ठोड़ियों में हाथ डालता फिरता। अगर वह हारपूनिया ढंग का आदमी निकला तो उसके साथ रात बिताने के लिए कमरा साझा कर लेने में हर्ज ही क्या है। रेल के सफ़र में भी तो बर्थ पर अनजाने के साथ साझा-समझौता करना पड़ जाता है। मैं सोचता बैठा रहा।

खाना खाने के बाद मुझे थोड़ी बेचैनी होनी शुरू हुई; क्योंकि सराय के मालिक ने बताया कि मेरा वह होने वाला कमरे का साझीदार हारपूनिया एक काला अफ्रीकी है; और बस भुना हुआ मांस ही खाने का आदी है। इसलिए मैंने तय किया कि पलंग पर पहले उस कालिया को ही लेट जाने दूंगा और जब वह सो जाएगा केवल तभी मैं वहां जाऊंगा; लेकिन इंतज़ार करते-करते मुझे ऊब होने लगी, 'अच्छे हारपूनिए को तो अब तक अपने बिस्तर पर होना चाहिए था।'

जितना मैं सोचता मेरी उलझन और भी बढ़ती जाती और आखिरकार मैं हार-थककर वहीं पड़ी एक बैंच पर पसर गया; लेकिन वह अत्यंत ही छोटी, सख्त और ऐंडी-बैंडी होने के कारण सो सकने लायक कतई नहीं थी। होते-होते सराय मालिक हाथ में जलती मोमबत्ती थामकर रास्ता दिखाते हुए मुझे कमरे तक ले गया जो बहुत ही ठंडा था, लेकिन वहां पड़ा पलंग इतना बड़ा था जिसपर चार-चार हारपूनिए एक साथ पसर कर सो जाएं।

मैं अभी निडर और बेफ़िक्र हुआ भी नहीं था कि मेरे मेज़बान ने मेरी बेचैनी यह कहकर और भी बढ़ा दी कि 'बिलाशक आज उस हारपूनिए को वापस लौट आने में कुछ ज़्यादा ही देर हो गई है; शायद अभी उससे अपने

पिछले अभियान में न्यूजीलैंड से ले आई गई सुगन्धित द्रव्यों से आलेपित मानव खोपड़ियां बिक नहीं पाई होंगी।'

'अच्छा तो वह', मैं बोला, 'भुना हुआ मांस ही नहीं खाता, मानव खोपड़ियां भी बेचता है?'

'हां, और इसमें हर्ज़ भी क्या है? जहाज़ियों में तो यह चलन ही है जब वे देश-देशांतरों की यात्रा से लौट रहे होते हैं तो वहां से वहां की कुछ अजीबो-ग़रीब चीज़ें बतौर निशानी ले आकर यहां वहां के सैलानियों के हाथ बेच डाला करते हैं, इससे उनके हाथ कुछ थोड़ा बहुत पैसा लग जाता है'; सराय मालिक जाते-जाते बताने लगा, 'पहले दिन जब वह चार खोपड़ियां एक डोरे में पिरोकर बेचने ले जाते हुए मेरे सामने से गुजरा था तब मैंने उसे रोककर अपनी नापसंदगी जाहिर की थी, लेकिन उसने जब बताया कि वे लोग भी तो हैं जो इन खोपड़ियों को ले जाकर अपने सुसज्जित बैठकखानों में रखते हैं, तब मैं लाजवाब हो गया–मुझे उसकी नरमी और मीठी बोली ने चुप करा दिया। वह मुझे यह या वह फ़रमाईशें करके न तंग करता है और न अपना किराया चुकाने में देरी करता है; वह भला आदमी है और तुम खुद भी देख लेना वह तुम्हें भी पसंद आ जाएगा–तुम बेफ़िक्र सो रहो, मैं उसे तुम्हारे बारे में बतला दूंगा। अच्छा मैं चलता हूं।' और वह चला गया।

'कैसा आदमी होगा भला?' मैं सोचने लगा, 'कच्चा मांस खाने वाला, मानव खोपड़ियां विक्रय करने वाला तो कोई आदमखोर ही हो सकता है!' और फिर मैंने अपने माथे पर हाथ मारकर खुद को धिक्कारा, 'वाह बेटा इस्माएल अब तुम इस लायक रह गए कि एक जंगली, मनुष्यभक्षी के साथ साझेदारी में कमरा किराये पर लो, वाह क्या मुकद्दर पाया है।'

रात पिघलती जा रही थी। बड़ी देर तक मुझे हारपूनिए की आने की आस लगी ही रही, पर फिर लगने लगा अब शायद वह सुबह को ही लौटेगा और फिर मुतमईन होकर मैंने अपने कपड़े बदले और बिस्तर में सरक गया। हां, सोने के पहले मैंने अपना थैला सम्हालकर एक कोने में रख दिया और फूंक मार कर मोमबत्ती बुझा डाली। लेटे-लेटे बड़ी देर तक मैं अपने आगामी जीवन के संबंध में अनेक कल्पनाओं से घिरा रहा और उस अपरिचित हारपूनिए के संबंध में अनुमान भिड़ाए। हालांकि बिस्तर कतई भी सुखद तो नहीं लगा, किंतु नींद आ ही गई। बात वैसी ही थी कि 'जी ठिकाने था नींद आ गई अंगारों पर।' पता

नहीं मैं कितनी देर तक सोया होऊंगा। मोमबत्ती की रोशनी और भारी क़दमों से इधर-उधर चलने की धप्-धप् आवाज़ से मेरी नींद टूटी और तब... हे मेरे भगवान! मैं क्या देखता हूं? खोपड़ियों का विक्रेता वह हारपूनिया असुर जैसा लग रहा था–असभ्य जंगली। सिर एकदम सफ़ाचट, मुंडा हुआ, किंतु माथे पर दोनों ओर को मांग काढ़ी हुई थी। उसका चेहरा और जब उसने अपने कपड़े बदले तब उसका शरीर, बाज़ू और पैर! गहरा ताम्बई रंग और सर्वत्र काले रंग से गुदा हुआ गोदना। वह वास्तव में कोई असभ्य जंगली ही लग रहा था गोया वह किसी दक्षिणी क्षेत्र में ह्वेल का शिकार करने वाले किसी जहाज़ पर चढ़कर आ गया हो और यहां ईसाई मुल्क में आकर उतर गया हो। 'हे मेरे मालिक!' मैंने मन ही मन प्रभु को टेर लगाई, 'मुझे ऐसे असभ्य जंगली के साथ कमरे में एक ही पलंग पर पड़ रहना होगा?' शुरू-शुरू में तो मुझे जुगुप्सा ने घेरा, पर फिर मन के किसी कोने से ही आवाज़ आई, 'बच्चे इस्माएल, मांगने वालों का नख़रा कोई क्यों सहेगा! चुपचाप पड़ा रह! शुक्र मान कि कमर सीधी कर लेने को यह स्थान मिल तो गया, नहीं तो इस भयंकर ठंड में अकड़कर अब तक मुड़-तुड़ कर नौ का अंक बन चुका होता। निर्भय होकर डंटा रह। देख तो सही, भगवान की झोली में कैसे-कैसे बजरबट्टू हैं!'

मेरी अक्ल मुझे हौंसला ज़रूर देती रही, पर मेरा दिल फ़िक्रमंद ही बना रहा; फिर मैंने उसे अपने सामने आबनूसी रंग की लकड़ी की एक मूर्ति रखकर आदिमकालीन ढंग की पूजा बड़ी ही लगन से करते हुए देखा। मैंने देखा उसने एक छोटी कुल्हाड़ी की शक्ल का एक लंबा पाईप मेज़ पर से उठाकर मुंह में लगाया और फिर मोमबत्ती की जलती हुई लौ से उसे छुआकर कश खींचा और धुआं छोड़ा।

कमरे में धुआं ही धुआं फैल गया। तब उसने उस कुल्हाड़ीनुमा जलते पाईप को मुंह में दबाया और मोमबत्ती बुझाकर बिस्तर में सरक आया। अब मैं चुप नहीं रह सका; ज़ोर से चिल्ला उठा, 'बचाओ, हे देवताओं, इस राक्षस से मेरी रक्षा करो। दौड़िए मिस्टर काफ़िन आईए, मेरे प्राण बचाईए।' मैं फुर्ती से बिस्तर से कूदा और द्वार की ओर लपका। पलक झपकते ही मिस्टर काफ़िन वहां आ पहुंचा। मेरे कहे बिना ही वह समझ गया, अगर मैं चिल्लाया न होता तो उसके पाईप से चिंगारियां छिटकती और उस नरभक्षी ने मुझे मार ही डाला होता।

'घबराओ मत!' पीटर काफ़िन ने दांत निपोरे।

'क्यूकेग तुम्हें कोई कष्ट नहीं दे सकता। यह बेचारा तो गऊ है, पूरा गऊ-सच !'

'दांत मत निपोरो', मैं चिल्लाया, 'तुमने मुझसे छिपाया क्यों कि यह हारपूनिया नरभक्षी है, तुमने इसकी यह कुल्हाड़ी देखी ?'

'अच्छा, इसका यह तमाहाकू ?' काफ़िन ज़ोर से खिलखिलाया, 'अरे यह कोई कुल्हाड़ी नहीं, इसका पाईप है। इसमें तो यह तम्बाकू रखकर पीता है। क्या मैंने तुम्हें बताया न था कि यह नगर में घूमकर खोपड़ियां बेचता है, लेकिन तुम इसे नरभक्षी मत कहो। मेरा विश्वास करो, चलो, सो रहो।' और फिर वह क्यूकेग की ओर मुड़कर बोला, 'देखो क्यूकेग मुझे तुम्हारा विश्वास है और तुम्हें मेरा। यह बेचारा भी इसी पलंग पर सोएगा। इसे सोने दो, इसका यक़ीन करो, तुम्हें कोई दिक्कत नहीं होगी, पलंग काफ़ी बड़ा है।'

अभी तक क्यूकेग कभी मुझे और कभी सराय के मालिक मिस्टर काफ़िन को हैरानी से देखते हुए अपना पाइप तक पीना भूल गया था। अपने बुझ चुके तमाहाकू को मेज़ पर रख देने के बाद–वह अपनी टूटी-फूटी भाषा में बोला, 'मुझे यक़ीन, बहुत।' और अपनी दांतपंक्ति दिखाता हुआ मुस्कुराया, बोला, 'तुम लेटो यहां-खुश ?'

मैंने भी बात को बढ़ाना छोड़, सो जाना मुनासिब समझा फिर भी उसके तमाहाकू की ओर इशारा कर मैं बोला, 'अपनी इस कुल्हाड़ी को वहीं पड़ी रहने दो। मुझे इससे डर लगता है।'

'कुल्हाड़ी नहीं, पाईप है मेरा, नहीं पियूंगा, छूऊंगा भी नहीं–खुश, चलो कम्बल ओढ़ लो–ठंड है।' उसने स्नेह और विनय दिखाते हुए नरमी से कहा, 'अब सोऊं ?"

मेरा सारा गुस्सा काफ़ूर हो गया। विनयी नरभक्षी एक मदोन्मत्त ईसाई से तो अच्छा ही है। अपने आपको तसल्ली देकर मैं भी बिस्तर में सरक गया। अब उसने अपना पाईप दूर रख दिया था। रात भर बड़ी बेफ़िक्र नींद आई; सुबह जब मैं जागा तो कमरे में, खिड़की से धूप झांक रही थी; क्यूकेग अभी तक बिस्तर पर ही पसरा पड़ा था। बहुत झिझकते हुए मैंने उसकी बांह पकड़ कर झिंझोड़ी, तब वह जागा; और उसने हाव-भाव और टूटी-फूटी अंग्रेज़ी में मुझसे निवेदन किया कि मैं पहले उसे उसकी रोज़ की प्रातः कालीन क्रियाएं निपटा लेने दूं, फिर उसके बाहर निकल जाने पर मैं कमरे में फ़ुर्सत से अपने

काम निपटाऊं। मुझे उसका यह सहयोगात्मक रुख बहुत पसंद आया; सारी शिकायतें अपने-आप फुर्र हो गई। वह कितना भी बदसूरत था, पर भद्दा नहीं, शिष्ट-सभ्य लग रहा था। मेरे हामी भर देने के बाद उसने सबसे पहले अपना बड़ा हैट और फिर बूट तथा पतलून साफ़ कर डाले; फिर उसने अपना शरीर धो डालने के बाद, मुझे चकित करते हुए, अपने सिरहाने रखा अपना हारपून उठाकर उसका उपरला सिरा लकड़ी से अलहदा हटा दिया और उसे उसकी मियान से बाहर निकाल कर पहले तो उसने उसकी धार को अपने जूते पर आहिस्ता-आहिस्ता रगड़ते हुए पैनाया और फिर दीवार पर टंगे हुए दर्पण के सामने खड़े-खड़े सधे हुए हाथों से कौशलपूर्वक अपने चेहरे पर रगड़ डाला। मैंने अभी जाना कि हारपून के अगले सिरे पर रहने वाला बर्छा बहुत उम्दा किस्म के स्टील का बनाया हुआ होता है और उसे सदा पैना कर उसकी धार को हमेशा सुरक्षित रखा जाता है। अपना बनाव-सिंगार निपटाकर भली-भांति पहन-ओढ़कर हारपून कंधे पर लटकाए, जब वह कमरे से बाहर निकला तो उसमें एक हथियारबंद योद्धा जैसी ही अकड़ साफ़ झलक रही थी।

अगले दो दिनों और रातों में उस जंगली क्यूकेग और मेरे बीच बहुत प्रेमपूर्ण व्यवहार रहा और इस छोटी सी मुद्दत में ही हम लोग आपस में दोस्ती के बहुत गहरे बंधन में बंध चुका महसूसने लगे; हम दोनों ने निश्चित किया कि दोनों एक ही नाव से ननटुकेट पहुंचेंगे; एक बेड़े पर एक ही साथ रहेंगे; और भविष्य के सुख-दुःख में दोनों एक-दूसरे के सहयोगी रहेंगे। मुझे खुशी थी कि मेरा साथ एक तजुर्बेकार हारपूनिए से हो गया जब कि मुझे ह्वेल के शिकार का पहला कोई तजुर्बा कतई नहीं था; हां, समुद्र में व्यापारी जहाज़ों पर जहाज़ी होने का मौका ज़रूर मुझे जब-तब मिलता रहा था। एक दिन बातों-बातों में उसने अपने जीवन की किताब के कुछ पृष्ठ भी मेरे सामने बांचे—वह रोकोवा द्वीप के समृद्ध कबीले के मुखिया के घर में जन्मा, लेकिन उसके मन में अपनी दुनिया आप पैदा करने की ख्वाहिश जागी और उसने उसके लिए अपने वास्ते नियत राज्य-सुख का लालच त्यागने को कमर कस ली।

मैं तो खैर अपनी मजबूरी में जहाज़ी बना था, लेकिन उसने अपने जहाज़ी बनने का कारण अपने मन में दुनिया-जहान को घूम-फिरकर देखने की ख्वाहिश का पैदा होना बताया। उसने अपने गांव के निकट समुद्र तट पर ह्वेल के शिकार पर निकले किसी जहाज़ को जब लंगर डाले हुए देखा तो सीधे-सीधे जाकर

जहाज़ के कप्तान को अपने आपको उस अभियान में शामिल किए जाने का निवेदन कर दिया, जिसे जहाज़ के कप्तान ने थोड़ी बहुत नानुकर के बाद मंजूर कर ही लिया; क्योंकि निशाना लगाने की उसकी निपुणता और फुर्ती एकदम बेजोड़ थी। वह दौड़ती-भागती चीज़ों पर भी निशाना साध सकता था। कप्तान ने उसे सख्त हौंसले वाला पाकर ही जहाज़ी होने के क़ाबिल समझा था और वह सचमुच वैसा ही साबित भी हुआ। उसने अंततः एक हारपूनिया बनकर ही दम लिया। हारपूनिया बना लिए जाने के पीछे भी निशाना साधकर भाला फैंकने की उसकी बेजोड़ कूवत ही उसके काम आई थी। बाद में मौका पाकर एक-दो चक्कर उसने अपने खानदानी इलाक़े के भी लगाए तो ज़रूर, परंतु वहां उसके सींग नहीं समाए और लौटकर उसने फिर हारपून ही थाम लिया। उसे अब उसका यह जहाज़ी जीवन ही अपने जीवन का लक्ष्य लगता है और हारपून थाम लेने के बाद तो वह ऐसे मुस्कुराता चलता है गोया दुनिया-जहान की बादशाहत ही उसके हाथ लग गई हो।

इधर-उधर घूमते-घामते रहने के कारण अब वह अपने धर्म और धार्मिक परंपराओं के पालन के लिए इतना समर्पित भले ही नहीं रह पाया है और उसने ईसाई जीवन और आचरण शैली कमोबेश अपना भी ली है; तो भी वह अपने कबीलाई धर्म और बुजुर्गों से चले आए आचरण से एकदम अलहदा भी नहीं हो पाया है।

ईसाईयों के बीच रहते-सहते हुए भी वह छुप-छुपाकर अपनी जातीय देवी योजो के प्रति श्रद्धालु भी रहता आ रहा है; यहां तक कि उसने स्वयं ही अपनी ईष्ट देवी योजो की एक मूर्ति भी तैयार कर ली और नित्य रात को सोते समय और सुबह जागने के बाद वह योजो की उपासना भी करता आ रहा था। मैंने उसकी कथा जिस चाव से सुनी और मेरी आंखों में उसके लिए उभरे प्रशंसा के भावों पर निसार होकर उसने मुझे एक खोपड़ी ही भेंट कर डाली, जिसे नहीं चाहते हए भी मुझे इसलिए ले लेनी पड़ी कि मैं इस एक छोटी सी बात के लिए उसे नाराज़ नहीं करना चाहता था; हालांकि मुझे बराबर यह ख़्याल भी रहा था कि मैं इस नायाब भेंट को सहेजूंगा कैसे? लेकिन वह खोपड़ी उसी की तरह मैंने किसी दूसरे शौक़ीन को बेच डाली और उस रकम से मैंने सराय मालिक को उसकी मेज़बानी का मूल्य चुकता कर दिया।

अगले दिन हम दोनों तेज़ गति से चलने वाली, दो पालों वाली एक नौका

जहाज़ के पास क्यूकेग

में सवार हो गए; जिसका नाम था–'मौस' और उसने हमें एकुशनेट नदी के रास्ते से ननटुकेट पहुंचा दिया।

ननटुकेट समुद्र के बीचों-बीच एक रेतीला द्वीप है; जहां से ह्वेल के शिकारी जहाज़ प्रयाण किया करते हैं और कभी-कभी किसी जहाज़ के साथ तो ऐसा भी होता रहा है जब वह जहाज़ समुद्र में जाकर वहां से वापस लौटा ही नहीं!

ननटुकेट पहुंचते-पहुंचते एक दुर्घटना भी घटी जिससे मुझे क्यूकेग की खतरों से जूझ पड़ने की फ़ितरत का अंदाजा भी हो गया। हमारी नौका 'मौस' दरअसल उल्टी दिशा में बहती हुई हवा से संघर्ष करते हुए चली थी और जब ननटुकेट पहुंचकर लंगर डालने की तैयारी शुरू ही होने वाली थी कि हवा के ज़ोर से एकाएक फ़हरता हुआ पाल बीचों-बीच फटकर दो टुकड़े हो गया और मस्तूल से उतरकर पाल को

थाम लेने की कोशिश में लगा एक व्यक्ति नौका से फिसलकर नीचे समुद्र में गिर पड़ा। क्यूकेग भी तब ऊपर खड़ा होकर बंदरगाह की सीमा सूचक तैरती हुई शहतीरों की पंक्तियां देख रहा था। नौका की तेज़ रफ़्तार को संभालने में लगे व्यक्ति लंगर की रस्सियों की लपेट में फंसे होने के कारण उसे बचाने की कोशिशों से बे-परवाह नज़र आए; क्यूकेग ने तब ग़जब की फुर्ती दिखाई और समुद्र में कूद पड़ा; थोड़ी ही देर में वह भी नज़रों से ओझल हो गया; लेकिन ज़्यादा देर नहीं हुई थी कि नौका पर खड़े हुए जहाज़ियों की नज़रों ने उसे, उस दूसरे बेहोश जहाज़ी को एक हाथ से पकड़ कर लगभग खींच कर लाते हुए समुद्र में तैरता हुआ देख लिया। देखते ही देखते नौका पर जहाज़ी हरकत में आ गए और एक छोटी नाव समुद्र में उतार दी गई और उन्हें ऊपर ले आया गया। ऊपर आ जाने पर, जहाज़ी की जीवन रक्षा की अपनी ऐसी असाधारण करतूत की महिमा से पूरी तरह बे-परवाह दीखते हुए उस असभ्य जंगली ने खारे पानी के प्रभाव को धोने के लिए बस साफ़ पानी की चाहत ही प्रकट की और दूसरे साफ़ कपड़े पहनकर उसने अपना वह तमाहाकू निकाल कर सुलगाया और मस्ती में धुआं उड़ाने लगा।

उसी पल ये मैं क्यूकेग से इतना जुड़ गया कि उसका पिछलग्गू ही नज़र आने लगा और हमारा यह संबंध उस भले मानुष क्यूकेग द्वारा लगाई गई उस आखिरी छलांग तक बना रहा जो उसकी अंतिम जल-समाधि ही सिद्ध हुई। ननटुकेट पहुंचकर हमें कहां–किस होटल में अच्छी सुविधाएं हासिल हो पाएंगी

यह सब हमें न्यू बैडफोर्ड से चलते हुए हमारे सराय मालिक मिस्टर काफ़िन ने समझा दिया था। ननटुकेट का यह होटल काफ़िन के चचेरे भाई का था जिसे उसकी पत्नी चलाती थी और वहां वह चाची कहलाती थी। हमने जाकर चाची से मिस्टर काफ़िन का नाम लिया और उसने हमें जगह देना मंजूर कर लिया।

'बस शर्त यही रहेगी कि आप कमरे में किसी किस्म का कोई हथियार अपने पास नहीं रख सकेंगे', चाची ने क्यूकेग के हाथ में उसका हारपून देखकर कहा, 'आप अपना यह हथियार हमारे पास रहने देंगे और आप निश्चिंत रहें कि आपका यह हारपून हमारे पास आपकी अमानत के रूप में सुरक्षित रहेगा। आप हैरान न हों, हम किसी भी कानूनी झंझट से बचने को ही यह क़दम उठाते हैं, क्योंकि पिछले साल एक हारपूनिए ने जब अपने हारपून से कमरे में अपना गला काट डाला था, तब मामला निपटाने में हमें बहुत परेशानियों का सामना करना पड़ा था।'

हारपून चाची को सौंप दिया गया। खाना खा लेने के बाद जब हमने अपना कमरा देखा तो हमें वह बड़ा ही तसल्ली-बख़्श लगा। छोटा होते हुए भी हम दोनों के गुज़ारे के लिए उसमें काफ़ी जगह थी। क्यूकेग ने एक कोना संभाला और अपनी उपास्य देवी योजो के लिए स्थान बनाया। दूसरी सुबह-सवेरे क्यूकेग को अपनी योजो के साथ कमरे में बंद रहकर उपवास, प्रार्थना और आत्मदीनता प्रदर्शित करने के लिए छोड़कर, मैं ह्वेल के शिकार अभियान पर निकलने वाले जहाज़ों का पता लगाने के लिए, अकेला ही बंदरगाह की ओर चल पड़ा। क्यूकेग ने अपने लिए काम खोजने की ज़िम्मेदारी भी मुझे ही सौंप दी थी, क्योंकि हम दोनों अपने आगामी जीवन में साथ-साथ रहने के लिए क़रार कर चुके थे। उसके द्वारा इस प्रकार का विश्वास प्रकट करने के लिए भी मैं ब्राग-ब्राग था। घूमते-घूमते मुझे मालूम पड़ा कि तीन जहाज़ तीन-तीन वर्ष के लिए ह्वेल की शिकार–यात्रा पर निकलने वाले हैं; जिनमें से मैंने जिस जहाज़ को सबसे ज़्यादा अधिक पसंद किया उसका नाम था 'पिकोड' और जो निर्माण के पुराने ढंग का उत्कृष्ट तथा आदर्श नमूना भी था।

पुराने चलन का यह जहाज़ छोटा होते हुए भी प्रत्येक कोण से एक बड़े नख़ जैसा दीखता था। आंधी, बारिश और बर्फ़ हो या तूफ़ान चारों समुद्रों में बेखौफ़ घूमने वाले इस जहाज़ की बाहरी परत गहरे काले रंग से पुती हुई थी। पुरानी होते हुए भी उसकी सारी चीज़ें अभी तक मजबूती की मिसाल

नज़र आ रही थीं। स्मारिकाओं का तो वहां जबरदस्त जमघट सा ही लगा हुआ नज़र आता था।

असल में तो यह जहाज़ किसी अजायबघर या आदमखोर आदिवासी सरीखा लग रहा था, जो अपने विरोधी या शत्रु के स्मृतिचिह्न या ध्वंसवशेषों को सम्हाल सहेज कर रख लिया करते हैं। यह जहाज़ चूंकि सदा ह्वेल के शिकार में ही लगा रहा था, इसलिए जहाज़ पर सर्वत्र ह्वेल की हड्डियां इस तरह जड़ डाली गई थी गोया कि वे जहाज़ द्वारा जीती गईं ट्रॉफियां हों। दोपहर हो आई थी। जहाज़ पर पूरी तरह सन्नाटा सा छाया हुआ था, लेकिन मुझे ऐसे व्यक्ति से मिलने की इच्छा हो रही थी जिससे मुझे अपनी तथा क्यूकेग की जहाज़ पर भरती के संबंध में ज़रूरी मालूमात हो सकती हो। मैंने देखा कि मस्तूल के करीब एक अजीब से तंबू में कुर्सी बिछाए एक वृद्ध व्यक्ति बैठा हुआ काग़ज़-पत्तर उलट-पुलट रहा था। मैंने जाकर उससे पूछताछ की तो पता चला वह जहाज़ का कप्तान अहाब नहीं, कप्तान पैलेग था जो कभी इसी जहाज़ पर मुख्यमेट हुआ करता था और अब जहाज़ के तीन कप्तानों में से तीसरा कप्तान एवं जहाज़ के ज़्यादातर शेयरों के मालिक कप्तान बिल्दाद और अन्य अनेक विधवाओं, पितृहीन बालकों एवं वृद्ध शेयर धारकों जैसा ही जहाज़ का साझीदार तथा जहाज़ के प्रबंध तंत्र का ज़रूरी हिस्सा बन चुका था।

कप्तान पैलेग परले दरज़े का झक्की, शक्की और लफ़्फ़ाज निकला। उसने मुझे मेरे इरादों से डिगाने की हरचंद कोशिश की। उसने मुझसे सवालों की झड़ी ही लगा दी।

'कप्तान से तुम्हारा क्या काम है?' उसका पहला रूखा सवाल था।

'हम दो साथी जहाज़ पर भरती होना चाहते हैं।' मैं बोला।

'तुम जहाज़ी बनोगे?' उसने मुझे हैरत से घूरा, 'तुम यहां ननटुकेट के तो नहीं हो और शायद जहाज़ी जीवन का भी तुम्हें कोई अंदाजा नहीं है; क्यों, ठीक कह रहा हूं मैं?' वह उपेक्षा से बोला।

'मैं अभी तक माल ढ़ोने वाले जहाज़ों पर रहा हूं, अब शिकारी जहाज़ पर जाना चाहता हूं।' मैंने विनम्रता से कहा।

'मगर क्यों?' उसने फाड़ खा जाने वाली नज़रों से मुझे घूरते हुए पूछा। 'शिकारी जहाज़ और मालवाही जहाज़ दोनों में कितना फ़र्क होता है, यह तो जान गए होगे?' वह बोला।

‘जानता हूं और मुझे शिकारी जहाजों पर रहने वाले जहाज़ियों के सामने आने वाली मुश्किलों का भी पता है।’ मैंने बड़ी मजबूती से कहा। ‘मुश्किलों का पता है!’ उसने पिघलते हुए स्वर में हैरानी से पूछा, ‘फिर भी तुम भरती होना चाहते हो?’

‘जी हां!’

‘वही तो बताओ क्यों?’

‘इसलिए कि आसान जीवन मुझे ऊबाऊ लगता है। किसी जोख़िम भरी यात्रा पर निकलने से मैं खुद को जान तो सकूंगा कि मुझमें कितना दम-ख़म है, ह्वेल के शिकार में कितना जोखिम है, यह बहुत से हारपूनियों से जान-सुनकर ही मुझमें इस ख़्वाहिश ने जन्म लिया है।’

‘अच्छा तो तुम अब खुद उन ख़तरनाक तज़ुर्बों से जूझकर देखना चाहते हो!’ वह हंसा और फिर कुछ पल बाद गंभीर होकर बोला, ‘बच्चे, यह भावुकता छोड़ो और वापस चले जाओ। तुमने अभी कप्तान अहाब को नहीं देखा है, देख लोगे तो तुम्हारा यह हौंसला दुम दबाकर भाग जाएगा।’ फिर बुज़ुर्गों की तरह सदय होकर बोला, ‘बेटा, हारपूनियों से उनकी डींगे सुनकर खुद भी वैसा ही तीसमारखां बनने की हिरस पाल बैठे? तुम्हें शायद किसी ने यह नहीं बताया होगा कि ह्वेल के शिकार पर जाना अपनी मौत के साथ आंख मिचौली खेलना है। ज़रा सी चूक हुई कि आदमी का वज़ूद ख़त्म।

कप्तान अहाब की एक टांग लकड़ी की है; असली टांग ह्वेल काट कर ले गई। कितने ही हारपूनियों के हाथ ह्वेल द्वारा खा लिए जा चुके हैं। तुम्हें शायद अभी तक किसी पराजित जहाज़ी से वास्ता नहीं पड़ा है, क्यों?’ और फिर ठहरकर बोला, ‘मेरी मानो अपने घर लौट जाओ।’ उसने सलाह दी, किंतु मेरा फैंसला इतनी सहजता से टलने वाला कहां था, मैं डटा रहा। मैंने कह दिया, ‘इस काम में ख़तरे ज़रूर हैं, पर मेरा नाम भी इस्माएल है, मैं पक्का इरादा कर ही इस जहाज़ पर भरती होने आया हूं। यह बात आप भी जान लीजिए। ख़तरे के समय योग्य कप्तान से दिशा-निर्देश मिले तो मैं किसी भी किस्म के ख़तरे से जूझने से आंख नहीं चुराऊंगा। बस अब आप हां कह डालिए।’ मैंने उसका हाथ पकड़ लिया और बच्चे की तरह मचलकर बोला, ‘बस अब और कुछ नहीं, केवल हां कहें।’

कप्तान पैलेग ने अपना हाथ छुड़ाया और हां कहने के पहले मुझे दूसरे

कप्तान बिल्दाद के पास ले गया। कप्तान पैलेग ने मुझे टटोलने के लिए डराया, धमकाया और अजीब-अजीब से प्रश्न पूछे थे, परंतु कप्तान बिल्दाद ने, जो अपने केबिन के भीतरी हिस्से में बैठा बाईबिल बांच रहा था, मुझसे न कुछ पूछा, न मेरी ओर आंख उठाकर देखा। वह, जैसा कप्तान पैलेग ने मुझे बताया, विश्व शांति स्थापना हेतु सक्रिय मित्र मण्डल का सदस्य था यानी कट्टर क्वेकर था। वह न तो बाईबिल के अपने पाठ से रुका और न कोई आलतू-फालतू प्रश्न पूछने को ही उत्सुक दिखा, बल्कि बिना निगाह ऊपर उठाए, उसने संक्षिप्त और संयत धीमे स्वर में, कप्तान पैलेग से इतना ही जान लेना चाहा, 'यह जहाज़ पर उपयोगी सिद्ध होगा, तुमने कैसे जांच लिया?'

मैं सन्न रह गया, 'हे भगवान्, यह तो पैलेग से भी ज़्यादा सिरफिरा मालूम पड़ता है।' फिर सोचा, 'चूंकि वह अपने युवाकाल में खुद बड़ा माहिर हारपूनिया रह चुका था और ह्वेल के शिकारी अभियानों में शामिल होकर बहुत सारा पैसा बना लेने के बाद जहाज़ के मालिकों की पंगत में बैठ गया है; इसलिए शायद यह उतना अधिक आत्मविश्वस्त या कहो कि दूसरों की शख़्सियत को संदेह की दृष्टि से देखने की आदत वाला हो चुका है कि उसे हर बात का सबूत ही चाहिए।' लेकिन चूंकि प्रश्न् उसने पैलेग से किया था, मैं भला कोई जवाब क्यों देता। जवाब पैलेग ने ही दिया,

'इसमें अपने आप पर भरोसा है और यह ख़तरों से जूझने का इरादा लेकर ही घर से निकला है' कप्तान ने बिल्दाद को खुश करने के लिए कहा, 'इसे ह्वेल के शिकार का कोई पहला अनुभव नहीं है, इसलिए इसे अपने तज़ुर्बों का घमण्ड भी नहीं है; यह कप्तान की आज्ञापालन के लिए कोई किंतु-परंतु भी नहीं करेगा और न आपको नाराज़ करेगा। फिर आपने अहाब को भी तो कुछ सोचकर ही जहाज़ का कप्तान रहने दिया है, वह इससे काम लेगा या इसे काम लायक़ बना लेगा और हां, आपको इसका नाम पता है क्या है?' पैलेग ने बड़ी अर्थपूर्ण भंगिमा में उसे निहारा।

'क्या नाम है इसका?' बिल्दाद ने मासूमियत से पूछा।

'इस्माएल!' पैलेग ने मुझसे पुष्टि चाही, 'यही नाम है न?'

'जी हां, मेरा नाम इस्माएल है!' सहज स्वर में मैंने बताया।

बिल्दाद पर जादू की सी प्रतिक्रिया हुई। झुककर सामने रखी बाईबिल को चूमते हुए उसने अस्फुट स्वर में पढ़ा–'परमेश्वर सचमुच उस लड़के के

साथ रहा। बड़ा हो जाने पर जंगल में रहते-सहते वह धनुर्धारी बन गया...' और फिर पैलेग से बोला, 'इसे रख लो, यह किस्मत वाला सिद्ध होगा। इससे एग्रीमेन्ट पर हस्ताक्षर ले लो और बता दो कि जहाज़ पर रहने की अवधि में खाने-पीने की सुविधा के अलावा इसे अभियान के दौरान होने वाली आमदनी का तीन सौंवा भाग भी मिलेगा!' और मुझसे पूछा, 'बोलो मंजूर है?' मैंने चुपचाप हामी भर दी।

मुझे खुशी हुई कि ह्वेल के शिकार अभियान में मेरी शिरकत पर मुहर लग गई। मुझे पहले ही मालूम भी हो चुका था कि ह्वेल के शिकार पर जाने वालों को कोई निश्चित माहवारी उजरत नहीं मिलती, बल्कि जहाज़ के कप्तान तक को मुनाफ़े में से हिस्सा ही मिलता है। हिस्से की राशि का अनुपात जहाज़ पर प्रदर्शित उसके कौशल, निर्णय क्षमता और कार्य सम्पन्नता के महत्त्व के अनुसार तय हुआ करता है, जो हो मैं प्रसन्न था कि तीन साल बाद जब मैं इस यात्रा से लौटूंगा, तो बहुत सारा धन मुझे मिल जाएगा। काग़ज़ों पर दस्तख़त करने के पहले मैंने क्यूकेग की बात कही, 'इस अभियान में कृपया मेरे दूसरे साथी, जो अपने आप में एक माहिर हारपूनिया है, को भी भरती कर लें। उसे आज एक ज़रूरी काम निपटाना था इसलिए वह कल आएगा।'

पैलेग बोला, 'बिना देखे क्या कोई किसी को रख सकता है? उसे कल भेज देना।'

'आपके तीसरे और बड़े कप्तान से कैसे मिला जाए?' हस्ताक्षर करते हुए, मैंने पूछा। कप्तान पैलेग ने सक्रोध कहा, 'उनसे क्यों मिलोगे, तुम भरती हो गए, अब जाओ।'

'आप नहीं चाहते, तो न सही।' मैंने सफाई दी, 'मैं तो उनकी बहादुरी को प्रणाम करना चाहता था।'

'जबसे उनका पांव गया है, उनका स्वभाव कुछ चिड़चिड़ा हो गया है। वे किसी से फ़ालतू बात नहीं करते न सुनते हैं। वैसे वे जांबाज शिकारी हैं; ह्वेल के शिकार के तो वे विशेषज्ञ ही हैं; वह अचूक हारपूनिया क्षमाशील होने के बावजूद कभी-कभी गुस्से में आपे से बाहर भी हो जाता है। कभी बे-मतलब या बिन बुलाए उसके सामने चले भी मत जाना। अगर वह तुममें कोई शिफ़्त देख लेगा तो स्वयं तुम्हारा मुरीद बन जाएगा। अब तुम चलो और कल अपने साथी को भेज देना।' कप्तान पैलेग ने उठते हुए मुझसे फिर कहा, 'जाओ।'

'क्यूकेग को कल देखकर भरती कर लिया जाएगा', यह वायदा पाकर मैं वापस होटल की ओर चल पड़ा और लौटते हुए पूरे रास्ते भर मैं इसी एक ख़्याल में डूबा रहा कि कप्तान अहाब पर ह्वेल द्वारा उसका पांव काट ले जाने पर कैसी–क्या बीती होगी; लेकिन इस बारे में बहुत प्रयत्न करने पर भी मेरे मन-मस्तिष्क में कोई स्पष्ट चित्र नहीं उभरा; क्योंकि अपने जीवन में ऐसी स्थिति से मैं कभी गुज़रा ही नहीं था।

मैं होटल पहुंचा। हालांकि मुझे मालूम था कि आज क्यूकेग दिन भर अपनी आराध्या देवी योजो की उपासना, उसके निमित्त उपवास एवं धार्मिक कर्मकाण्ड में ही घिरा रहेगा और बहुत कोशिश करने पर भी उससे उसका यह सारा कार्य-कलाप सांझ से पहले निपटने वाला नहीं है; मुझे बराबर यह अहसास भी रहा था कि इस प्रकार मेरे अयाचित आगमन से उसके इस अनुष्ठान में व्यवधान तो होगा ही, विघ्न भी पड़ सकता है, लेकिन मेरा एक दूसरा मन अपनी मनचीती मुराद पा जाने की उमंग में क्यूकेग की स्थिति याद नहीं रख सका यानी अपनी बेध्यानी में मैं होटल आ गया।

हम ईसाईयों में भले ही मूर्ति पूजा का चलन नहीं हो, पर मेरी दृष्टि में अपनी पारंपरिक देवी की आराधना के प्रति क्यूकेग की वह एकनिष्ट साधना महत्त्वहीन नहीं थी, क्योंकि मुझे जब वह प्रिय लगने लग गया था तो उसके उस मूर्तिपूजन से भी मुझे कोई ऐतराज़ क्यों होता। मैंने उसके प्रति बुरा विचार अपने मन में उगने ही नहीं दिया था। मैं इस सच्चाई से भी अपरिचित नहीं कि कोई आदमी चाहे वह कितना भी प्रगतिशील क्यों ने हो जाए उसकी प्रगतिशीलता उसके पहचाने हुए अनुभूत जीवन व्यवहार की पटरी बहुत जल्दी नहीं छोड़ पाती। फिर बेचारा क्यूकेग तो बहुत पिछड़े क्षेत्र से आया है इसे आधुनिक बनने में कुछ वक़्त तो लगेगा ही। तब तक यह मेरी अवहेलना या उपहास का केन्द्र क्यों रहे। मैं इसी ढर्रे पर सोचता था।

होटल पहुंच जाने पर भी मुझे यह सूझा ही नहीं कि शाम होने तक मैं कॉमन रूम में ही रुका रहूं। फिर कॉमन रूम में हाथ पर हाथ धरे तो बैठा नहीं रहा जा सकता था; दूसरों के समान वहां बैठकर जूए में दांव लगाने का शग़ल अपनाया जा सकता था या मदिरापान करता, लेकिन दोनों स्थितियों में पैसे की मजबूती चाहिए थी जब कि मैं अपनी जेब में भी हाथ डालने की स्थिति में नहीं था। अगर मेरी जेब में कुछ बचा भी था तो इस कारण कि

ननटुकेट के होटल का किराया भरने के लिए मुझे न्यूबैडफोर्ड में क्यूकेग से मिली खोपड़ी को उस शौकीन के हाथ बेच डालने से कुछ रक़म प्राप्त हो गई थी। इस उहापोह में ही मैं होटल के अपने कमरे के बाहर खड़ा होकर दरवाज़ा खटखटाने लग गया था।

दरवाज़ा भीतर से बंद था; मेरे बेताबी से रह-रहकर दरवाज़ा पीटने से भी जब दरवाज़ा खुलता नज़र नहीं आया तो मुझे हैरानी होने लगी। क्यों यह खटखटाना क्यूकेग को सुनाई नहीं दे रहा है? मैंने तब और भी ज़ोर से गुहार लगाई, 'क्यूकेग, क्यूकेग! सोए हो क्या? दरवाज़ा खोलो भाई! मैं हूं इस्माएल!'

लेकिन भीतर से कोई सू तक नहीं। ताले के छेद से आंख लगाकर भीतर झांका, कान दिए, कोई हलचल नहीं! मैं घबराया। अब की बार ज़रा और ज़ोर से दरवाज़ा भड़भड़ाया लेकिन क्यूकेग फिर भी नहीं बोला और दरवाज़ा भी नहीं खुला!

मैं आशंकित हो उठा–'कहीं कुछ हो न गया हो?' लेकिन क्या हो सकता है...हारपून तो चाची ने बाहर ही रखवा लिया था, चाची का ध्यान आते ही मैं तेज़ी से दौड़ कर नीचे आया। चाची वहां न थी। मेरी बदहवासी देख नौकरानी पूछने लगी 'क्या बात है, इतना घबराए हुए क्यों हो?'

मेरी बात सुनकर उसने अपनी छाती पर दोहत्थड़ मारा, –'शक तो मुझे सवेरे ही हो गया था, जब उसने नाश्ते-पानी के लिए भी दरवाज़ा नहीं खोला था...लगता है उसने कुछ कर लिया है। मरजानो को जान देने के लिए भी होटल का कमरा ही जंचता है।' और फिर ज़ोर से हांक लगाई, 'मालकिन सुनती हो, ऊपर वाले नए किराएदार ने शायद जान दे दी है। शायद दरवाज़ा ही तुड़वाना पड़े!'

उसका प्रलाप सुनकर चाची कुल्हाड़ी लिए ऊपर पहुंच गई, 'आए दिन का राग हो गया, कोई न कोई हंगामा खड़ा हो जाता है!' चाची बड़बड़ाई, और फिर मुझसे बोली, 'तुमने पीठ से धक्का दिया? ज़रा फिर तो कोशिश करो।'

मैंने दरवाज़े की ओर पीठ करके धकियाया। दरवाज़ा भड़ाक के साथ खुल गया। भीतर क्यूकेग योजो की मूर्ति सिर पर जमाए फर्श पर आसन जमाए आंखे मूंदे निश्चल बैठा हुआ था। चाची ने मुझे फटकार लगाई, 'यह तो ज़िंदा है, बेकार शोर मचाया न?' और फिर अपने ढूंगों पर हाथ रखकर नाक-भौं

सिकोड़ती हुई क्यूकेग की ओर मुंह करके बोली, 'क्यों रे, दरवज़्ज़े के भड़भड़ाने से भी तेरी समाधि नहीं टूटी, दमड़ साधे बैठा रहा ऐंऽऽ'

क्यूकेग वैसे ही स्थिर बैठा रहा। मैंने चाची को मना-मनू कर कमरे से बाहर ठेल दिया और दरवाज़ा बंद कर कुर्सी पर बैठ गया। अब सब कुछ मेरी समझ में आ गया था, वह चिल्ला खींच कर बैठा था, और पूरा कर लेने से पहले उठने वाला नहीं है। अब मुझे अपनी हड़बड़ाहट पर झैंप चढ़ने लगी थी।

बैठे-बैठे मैं उसे कब तक निहारता, थक-हार कर मैं भी सो गया।

सुबह मेरे उठने तक वह वैसे ही नैन मूंदे तना हुआ स्थिर बैठा था। उसके ऐसे हठयोग पर मेरे भीतर कोई प्रतिक्रिया नहीं हुई। उसकी आंख तब खुली जब सूरज की किरण ने कमरे में झांका। खड़ा होकर उसने अपनी टूटी-फूटी भाषा में खुशी ज़ाहिर की–'मेरा अनुष्ठान पूरा हुआ इस्माएल।' मेरे मुंह से बस इतना ही निकला, 'तुम धन्य हो बंधु।' मैं अपना आश्चर्य चाहकर भी प्रकट नहीं कर सका–'इतना-इतना दरवाज़ा पीटने पर भी तुम्हारा ध्यान भंग नहीं हुआ क्या खूब थी तुम्हारी एकाग्रता।'

उसने योजो की मूर्ति सम्हाल कर रख दी और मुझसे पूछा–'कर आए बात कहीं?'

'हां, पिकोड पर कप्तान पैलेग ने मुझे भरती कर लिया है; तुम्हारी बात, तुम्हें देख लेने पर हो जाएगी', मैं बोला, 'उन्होंने वायद कर लिया है, जल्दी तैयार हो जाओ, चलना है।'

हम दोनों पिकोड के लिए साथ-साथ निकले; वहां उसे तुरत-फुरत भरती कर लिया गया, हां पहले उसे चौंका देने वाली अपनी हारपून निपुणता के कौशल की बानगी ज़रूर दिखानी पड़ी। हुआ यूंऽ'

हम लोग अभी पिकोड के पास पहुंचे ही थे कि वहां ऊपर डेक पर खड़े कप्तान पैलेग की निगाह हम पर पड़ गई; उन्होंने वहीं से पूछा–'क्यों इस्माएल ले आए अपने साथी को, लेकिन यह नरभक्षक जंगली हमारे जहाज़ पर ईसाईयों के बीच खपेगा कैसे?'

उसकी ऐसी घोषणा से मैं घबरा गया! क्यूकेग को वहीं खड़ा रहने को कहकर मैंने जहाज़ पर जाकर पैलेग को उसकी हारपून निपुणता के संबंध में बताया–'यह आदमख़ोर नहीं, बल्कि बहुत समय से ह्वेल के शिकारी जहाज़ों पर रहता आया है और ईसाईयों के साथ रहते-सहते इसकी जीवनशैली में

अहाब ह्वेल के शिकार के लिए स्टॉरबक को मनाते हुए

भी बदलाव आ चुका है। इस बीच वहां बिल्दाद भी चला आया था–पैलेग ने लगभग खिल्ली उड़ाने के से अंदाज में वहां खड़े-खड़े ही चिल्लाकर क्यूकेग से पूछा–'क्यों सूरमा यह हारपून चला भी सकते हो ?' क्यूकेग बिना एक पल खोए तीर की गति से लपककर जहाज़ पर पैलेग के सामने जा पहुंचा और उसे वहीं से समन्दर में एक लक्ष्य दिखाता हुआ बोला, 'मान लीजिए वह ह्वेल की आंख है' और उसका हारपून पैलेग के सिर पर से होकर हवा में लहरता हुआ बिजली की गति से लक्ष्य की ओर उड़ा...और लक्ष्य समन्दर में...।

हारपून सही निशाने पर लगा था। कप्तान पैलेग ने हैरत से हारपूनिए का अद्‌भुत कौशल देख लिया। उसने आगे बढ़कर हारपून की रस्सी खींचते क्यूकेग के कंधे पर शाबासी का हाथ रखते हुए कहा, 'तुम्हारे हारपून को अपनी ओर आते देखकर पहले तो मेरे प्राण ही खुश्क हो गए थे!' और फिर बिल्दाद की ओर घूमकर पूछा 'देखा आपने, हीरा है सचमुच!'

फटाफट भरती की कार्रवाईयां पूरी हुईं। क्यूकेग ने हस्ताक्षरों के स्थान पर एक निशान बना दिया। उस समय उस बेचारे को शायद पता भी नहीं था कि वह अपने मृत्यु-पत्र पर हस्ताक्षर कर रहा था। अब वह पिकोड का हारपूनिया बन चुका था।

जब हम दोनों जहाज़ छोड़कर घाट पर उतर आए थे, एक आदमी ने हमें रोककर पिकोड पर भरती होने के हमारे फैंसले को ग़लत ठहराते हुए बताया, 'पिकोड का कप्तान अहाब पागल हो चुका है; जब से एक सफ़ेद ह्वेल ने उसकी टांग चबाई है, वह तभी से उस ह्वेल को खोज कर मारने की ठाने हुए है; इस बार वह ह्वेल के शिकार पर कमाई के लिए नहीं, अपनी उस पुरानी दुश्मन से बदला लेने की ठान कर निकलने वाला है; तुम लोग उसके मक़्सद के लिए अपना समय बरबाद करके लौटोगे; तुमने सचमुच अपने-आपको 'पिकोड' के साथ क़रार करके पंसा लिया है।'

हमारे लिए वह आदमी अपरिचित था, इसलिए उसकी बात पर ग़ौर करना हमारे लिए ज़रूरी हो भी कैसे सकता था; क्यूकेग को भी वह सिरफिरा लगा, 'शायद इसे अहाब ने दुत्कार दिया होगा।' वह बोला। मुझे भी उस समय ऐसा ही लगा, भला कप्तान ह्वेल के शिकार की समुद्र यात्रा को अपनी ज़िद की पूर्ति की यात्रा में कैसे बदल सकता है और जहाज़ पर उसके साथ-साथ रहने वाले दोनों कप्तान पैलेग और बिल्दाद जो दूसरे अनेक अनाथों, विधवाओं और

कप्तान अहाब ह्वेल के शिकार के बारे में सोचता हुआ

पैंशन धारक वृद्धों के समान ही जहाज़ के मालिकों में से है, अपने हितों की अनदेखी उसके बदले की भावना की पूर्ति के लिए क्योंकर सहन कर लेंगे? न, ज़रूर यह आदमी कप्तान अहाब से चिढ़ा हुआ होगा। मेरी समझ में उस समय यही बैठा कि विकलांग रहते हुए कप्तान को अगर ह्वेल के शिकार वाली इस यात्रा पर भेजा जा रहा है, तो उसकी नेतृत्व क्षमता और हिम्मत ज़रूर ही बेमिसाल मानी जा रही है, तभी बिल्दाद और कप्तान पैलेग जैसे उसकी मुखियागीरी के तरफ़दार बने हुए हैं!

और यह भी सोचा गया कि जब हम अब इस यात्रा पर जा ही रहे हैं तो हमें सब संशयों से मुक्त रहना चाहिए। मैंने मन ही मन प्रार्थना गाई–'हे मेरे परमेश्वर, मेरा भरोसा तुझ पर है; पीछा करने वालों से मुझे बचा और छुटकारा दे...।'

हम दोनों हालांकि नित्य दिन में एक बार जहाज़ पर चक्कर लगा आया करते थे, तो भी किसी ने हमें जहाज़ पर कोई काम नहीं सौंपा था जब कि वहां पुराने सभी जहाज़ी और ध्याड़ी पर लगाए मज़दूरों और मल्लाहों तक से समान का लदान कराया जा रहा था। पिकोड को अब जाकर तीन साल में लौटना होगा, इसलिए बड़े ध्यान और अनुमानपूर्वक यात्रा के लिए ज़रूरी सामानों की सूची बनाई गई थी और अब उस सूची से मिलान करके ही सामान को तरतीब से रखाया जा रहा था। कई बार मेरी इच्छा हुई कि कप्तान अहाब से काम को पूछूं, पर चूंकि मैंने इसके पहले उसे देखा नहीं था और पैलेग से पूछ नहीं सकता था, क्योंकि उसके झक्की स्वभाव को मैं जान गया था। इसलिए हम दोनों मटरगश्तियां करते रहे। इधर-उधर घूमते हुए हमें कुछ दूसरे जहाज़ी भी मिले थे जो छोटे होटलों या सरायों में टिके थे और कुछ लोग जो बस्ती में अपने घरों में चले गए हुए थे, अभी तलक लौटे नहीं थे।

कप्तान अहाब भी अभी तलक नहीं लौटा था; हालांकि जहाज़ एक-दो दिनों में लंगर उठाने ही वाला था, लेकिन इसमें अचरज की कोई बात नहीं थी; क्योंकि अक्सर ही ऐसी सारी तैयारियां जहाज़ के कप्तान की अनुपस्थिति में नायब कप्तानों द्वारा पूरी कर ली जाया करती हैं और जहाज़ पर पहुंच जाने पर भी कप्तान जहाज़ चल निकलने के कई-कई दिन बाद तक अपने केबिन में ही काग़ज़-पत्र उलटने-पुलटने और नक्शे देखने में व्यस्त रहते देखे जाते हैं। यहां भी कुछ ऐसा ही प्रबंध या चलन मालूम पड़ रहा था, क्योंकि देखभाल का

सारा ज़िम्मा कप्तान पैलेग और बिल्दाद ने अपने कंधों पर उठाया हुआ था।

जहाज़ चूंकि तीन साल की यात्रा पर जाने वाला था, अतः अनुमानपूर्वक जहाज़ में वे सारी चीज़ें बहुतायत से रखवा ली गई थी जिनकी ज़रूरत सफ़र के दौरान घटने वाले किसी भी दुर्योग के समय पड़ सकती हो। ह्वेल के शिकार में इस्तेमाल होने वाली कुछ फ़ालतू नौकाएं, हारपून, भाले, रस्से और यहां तक कि कई औजार तक भली-भांति जांच-परख करके भण्डार में रखवा लिए गए थे, क्योंकि बीच समन्दर में या छोटे-मोटे बंदरगाहों पर चीज़ें मिलेंगी कहां और यह सारा सब अनुमान कर लेना ही प्रबंधन कौशल माना जाता है, जिसमें पैलेग और बिल्दाद का सचमुच कोई सानी नहीं था। लोग तो यहां तक कहते हैं कि यह जोड़ी जहाज़ पर बीच समन्दर में पड़ सकने वाले किसी भी खतरे के समय ज़रूरत पड़ने वाली हर चीज़ का विकल्प पहले ही सोच लेते रहे हैं सिवाय जहाज़ और कप्तान के; जो हो, उन्होंने जहाज़ियों के लिए बिस्तर, कपड़ों और तौलिए, चादरों के अलावा दांत साफ़ करने के धागों तक को पर्याप्त संख्या में मंगाकर भण्डार में रखा लिया था, इसी से किसी को कप्तान अहाब की प्रतीक्षा होती भी तो क्यों?

आखिरकार तैयारी पूरी हुई और धुंध और कुहरे के बीच एक दिन अलस्सुबह हम समन्दर के बीच बनने वाले अपने नए निवास की ओर चल पड़े। जाते हुए, मेरा ख्याल है मैंने कुछ दूसरे लोगों को भी दुबकते-छुपकते हुए भेद भरे अंदाज में जहाज़ की ओर जाते हुए देखा। 'कहीं हमें देर नहीं हो जाए' इस आशंका से भयभीत होकर मैंने क्यूकेग को कहा–'थोड़ी फुरती से पांव बढ़ाओ भाई।' लेकिन क्यूकेग फुर्ती करता कैसे, उसकी राह रोककर तो हमारा वही पुराना 'शुभचिंतक' खड़ा हुआ था, जिसने 'पिकोड' पर भरती होने के हमारे फैंसले को ग़लत ठहराया था! उसने आज फिर अपना वही पुराना राग छेड़ दिया–'तो तुम लोग चेते नहीं?' मैंने उसे फटकारा, कहा, 'अपनी राह लग भाई, हमें जाने दे!'

लेकिन वह भी एक ही झक्की निकला, मेरा हाथ थामकर जहाज़ की ओर ईशारा कर बोला, 'अभी-अभी जो आदमी इधर से गुज़रे थे, तुमने देखे? वे कौन थे भला? जानते हो!'

'होंगे कोई, हम क्यों सबको जानेंगे, हटो हमारे रास्ते से,

चलो...' मैंने उसे झिड़की दी। वह हंसा, बोला, 'मैं तो हट जाता हूं, लेकिन

तुम लोग अगर इस पिकोड पर चले गए तो अपनी मौत को रास्ते से कैसे हटाओगे? अहाब मछली से बदला लेने के काम में अपनी मदद के लिए जिन लोगों को साथ लिए जा रहा है, वे उन्हीं खख़्वार लोगों में से हैं और ये मल्लाह नहीं हैं। तुम नहीं मानते तो जाओ। अगर ईश्वर की कृपा से कभी लौटे भी तो खाली हाथ ही होओगे, याद रखना तुम शिकार यात्रा पर नहीं, बदला लेने की मुहिम पर जा रहे हो। ईश्वर तुम्हारी रक्षा करे। जहाज़ पर चढ़ने से पहले ईश्वर को ज़रूर याद कर लेना।' और आगे क़दम बढ़ाने के पहले ही मैंने अस्फुट स्वरों में गुनगुनाना भी शुरू कर दिया–'मेरा भरोसा परमेश्वर पर है; तुम क्योंकर मेरे प्राण से कहते हो कि पक्षी की नाईं अपने पहाड़ पर उड़ जा?'

हम जहाज़ पर चढ़े ही थे कि पिछले हिस्से में कमान सम्हाले खड़े पैलेग की लताड़ सुनाई दी, 'अरे ओ नए पहलवानों, ज़ल्दी ऊपर आकर अपनी ड्यूटी समझ लो।'

कप्तान बिल्दाद जहाज़ के अगले भाग में खड़ा जहाज़ियों को निर्देश दे रहा था–लग रहा था इस पूरी यात्रा में इनका ही अदल रहेगा...?

दोपहर से पहले ही जतनपूर्वक पटरे हटा लिए गए। सारी सीढ़ियां ऊपर खींच ली गईं। आदेश पाकर कछ लोग लंगर की चकरी घुमाने लगे; धीरे-धीरे लंगर ऊपर उठा; फिर पाल फ़हराए गए और जहाज़ धीरे-धीरे आगे सरकने लगा। कप्तान अहाब रात में ही किसी समय जहाज़ पर आ गए थे और अभी वे अपने कमरे में ही थे।

अभी क्रिसमस शुरू ही हुआ था। सांझ होते-होते ही ज्योंही उजाला अंधेरे में तब्दील हुआ, हवाएं ठंडी लगने लगीं। समुद्र से जो छींटे उड़ रहे थे वे बर्फ की मानिंद ठंडे लग रहे थे। हमारे साथ-साथ चल रही वे नौकाएं जो जहाज़ के हिस्सेदारों को लेकर हमें विदा कराने आईं थीं, अब किनारे की ओर वापस मुड़ने लगीं थीं; और हमें यह देखकर अचरज भी हो रहा था कि कप्तान बिल्दाद और पैलेग दोनों ही पिकोड से उतरकर नौकाओं में जा तो बैठे थे, पर वे जैसे पिकोड को आंखों से ओझल होते देखना नहीं चाहते थे, क्योंकि इसमें उनकी कठिन श्रम से कमाई और कंजूसी करके बचाई हजारों डॉलरों की सम्पत्ति लगी हुई थी; इसलिए जहाज़ दूर होते-होते शायद उन्हें लग रहा था कि उनकी मेहनत से कमाया गया धन उनकी गिरफ़्त से छूटता जा रहा है। धीरे-धीरे पिकोड और नौकाओं के बीच की दूरी बढ़ती चली गई। हमने

उन्हें तीन बार भारी चिअर्स कहा और अपनी तक़दीर जैसे एक विराट् दैत्य अतलांन्तिक सागर को सौंप दी। अब जो हो भगवान की मरज़ी। सामने दूर-दूर तक रात पसरने लगी थी। मस्तूल पर लालटेन जलाकर रखते हुए कोई मल्लाह संजीदगी से गा उठा– 'मार्ग से अपरिचितों को मार्ग दिखा हे मालिक, तुम ही शक्ति के स्वामी हो, मैं नहींऽ!'

ननटुकेट से निकलने के बहुत समय बाद तक कप्तान अहाब किसी के सामने प्रकट नहीं हुए; जहाज़ के संबंध में सारी ज़रूरी हिदायतें या आज्ञाएं पारियां अदलते-बदलते हुए केवल तीन मेट ही दिया करते थे; वे अहाब के केबिन से बाहर निकल आते ही बड़े निश्चयात्मक अंदाज़ में पहले के दिए अपने आदेशों को भी जब उलट-पुलट डालते थे, तब यही समझ लिया जाता था कि कप्तान अहाब भीतर अपने केबिन में बैठे-बैठे ही आदेश देकर जहाज़ का प्रशासन सम्हाले हुए हैं!

'पिकोड' का पहला मेट स्टॉरबक दरअस्ल एक धर्मानुरागी व्यक्ति था; वह ग़ज़ब का साहसी और स्नेहिल प्रकृति का था। स्टब्ब केप गॉड का रहने वाला था; वह सीधा-सादा इंसान दूसरा मेट था, जो सदा हंसता-मुस्कुराता और भगवान भरोसे वाला ऐसा व्यक्ति था जो बिना पाईप लिए अपने को अधूरा समझा करता था। वह बूढ़ा, किंतु अचूक निशानेबाज और अनुभवी शिकारी था और अगर कहा जाए कि वह मृत्यु के जबड़े को आरामकुर्सी मान कर चलता था तो इसमें कतई अतिशयोक्ति भी नहीं थी। ह्वेल नौका पर निकलने का उसका उत्साह ऐसा होता था मानो कि किसी डिनर पार्टी में भाग लेने चला हो और उसके साथ मल्लाह उसके आमंत्रित मेहमान हों। तीसरी मेट फ़्लास्क थोड़ा नाटा, लेकिन तंदुरुस्त देह को एकदम सुर्ख़ व्यक्ति था। वह इतना हंसोड़ा था जिसे देखकर अनुमान होता था कि जैसे वह ह्वेल के शिकार पर नहीं, बल्कि कोई खेल खेलने निकला हो। डरना तो उसने सीखा ही नहीं था, बल्कि किसी बड़े से बड़े समुद्री जीव को मार लेने के बाद तो वह अपनी पूरी टीम को महत्त्वहीन सा मानकर उनसे अलहदा होकर बैठ जाता था, क्योंकि वह किए गए बड़े से बड़े शिकार को चूहा मार लेना सरीखा ही समझता था। वह कहता था, 'शिकार होता भी क्या है–फटाफट मारा, और उबाला, बस यही तो...।'

वे तीनों मेट पिकोड की तीन नौकाओं के इंचार्ज थे। हरेक नौका के लिए स्टेअरिंग सम्हालने वाले और हारपूनिए तय कर डाले गए थे, जिनकी

ज़िम्मेदारी थी कि वे ज़रूरत पड़ने पर भाला तानकर तैयार रहें। मेट और हारपूनिए का एक सूत में बंधे होना अस्ल में जहाज़ी जीवन की सुदीर्घता और सुरक्षा के लिए निहायत ज़रूरी माना जाता है इसलिए अपनी सारी सर्वोपरिता को बिसराकर मेट हारपूनियों को भोजन की मेज़ तक पर अपने साथ बैठने की इज़्ज़त बख़्शा करते थे; इसलिए ही स्टॉरबक के साथ क्यूकेग और स्टॅब्बस के साथ नीग्रो हारपूनिया तैश्तेगो हमेशा साए की तरह साथ-साथ लगे रहा करते थे। क्यूकेग के संबंध में तो पहले ही बता चुका हूं–तैश्तेगो गे हैड का था और उसके बाप-दादा चूंकि आदिवासी शिकारियों के रूप में प्रसिद्धि पा चुके थे अतः उसे उनका वंशज होने का गर्व भी था। तैश्तेगो एक लंबा और वज्र के समान कद काठी का इंसान था! तीसरा हारपूनिया देगू था; वह छह फुट पांच इंच का था। उसका रंग एकदम काला था और वह जंगली जांबाज नीग्रो था जिसने अपनी तरुणाई में ह्वेल के शिकारी जहाज़ पर चढ़ने के लिए स्मरणीय ढंग अपनाया था। अफ़्रीकी किनारे से होता हुआ जब ह्वेल का कोई शिकारी जहाज़ एक संकरी खाड़ी से गुज़रा तो उसने अपनी नौका को जहाज़ के एकदम क़रीब लाकर छोड़ दिया और उछलकर जहाज़ से बाहर लटक रहे रस्से को थाम उसके सहारे ही डेक पर चढ़ गया। कप्तान ने उसके ऐसे दुस्साहस और जहाज़ी बनने के उसके इरादे की मजबूती के कारण उसे जहाज़ पर भरती कर लिया था। देगू हर समय दोनों कानों में सोने की बालियां पहने रहता था और जहाज़ों पर रहते हुए उसने अपने जातीय संस्कारो की बर्बरता और दृढ़ता में वृद्धि ही की थी। डेक पर घूमते हुए यह नीग्रो अपनी लंबी गर्दन के कारण ज़िराफ़ ही लगता था; यह नीग्रो सदा मेट फ्लास्क के साथ उसकी परछाईं की तरह चिपका हुआ रहता था।

जहाज़ियों में अनेक देश और अनेक जातियों के लोग सम्मिलित थे–फ्रांसीसी, सिसलीवासी, पुर्तगाली, नानटुकेटियाई और माल्टावासी तो थे ही, एक दो अंग्रेज, डच, आईसलैण्डर्स और चीनी भी थे यानी वहां जहाज़ पर सारी दुनिया के नुमाइंदे मौजूद थे और वे सब वहां एक अमेरिकी के नेतृत्व में काम करने आए थे।

कप्तान अहाब अभी तक अपने ही केबिन में रमा रहा और बाहर निकलते किसी के द्वारा कभी देखा ही नहीं गया था और हम में कोई उसके केबिन में तब तक जा ही नहीं सकता था, जब तक वह स्वयं न बुलाए। दिन पर दिन बीतते गए; निरंतर दिन-रात चलते रहने के बावजूद अभी तक हमारे द्वारा कोई

इस्माएल और स्टॉरबक मोबी डिक के बारे में बातें करते हुए

फली तक नहीं फोड़ी जा सकी थी यानी ह्वेल के शिकार की तो बिस्मिल्लाह ही नहीं हुई थी। हम लोग अब बदलते मौसम के प्रभाव सहन करने की कुव्वतें ज़रूर पाते जा रहे थे और तभी एक दिन...जब हम दक्षिण दिशा की ओर तेज़ी से बढ़ रहे थे, दोपहर की गर्मी से निजात पाने के लिए जब मैं डेक पर पहुंचा, मैंने जहाज़ के पिछले हिस्से में कप्तान अहाब को अपने केबिन के बाहर, डेक पर खड़े हुए देखा। वह मजबूत कद काठी को पक्के इरादेवाला व्यक्ति लग रहा था। कांसे से बने बुत की भांति एक हाथ से, आंखों को समुद्र पर पड़ने वाली सूरज की किरणों की चमक चौंध से बचाने के लिए ढांपे हुए सीधाई में समुद्र की ओर देख रहा था। सिर पर सफ़ेद बाल और गालों तथा गर्दन पर झुर्रियों के निशानों के बावजूद उसपर उसकी पकी आयु का प्रभाव गायब था और वह तनकर सीधा खड़ा हुआ था। सूर्य की रोशनी में उसकी नक़ली टांग के स्थान पर लगाई हुई ह्वेल के जबड़े की हड्डी अपनी चमक बिखेर रही थी। मुझे ऐसा लगा जैसे वह अनिद्रा रोग से पीड़ित है और कोई व्याधि झेल रहा है और उसकी यह व्याधि शरीर की नहीं होकर मन की है।

इसके बाद से तो वह हम जहाज़ियों को रोज़ ही दिख जाता रहा; कभी पूरी संजीदगी सहित दूर समुद्र की ओर निहारता हुआ या फिर अपनी नक़ली टांग से खट्-खट् ध्वनि करके डेक पर घूमता हुआ और फिर एक दिन अचानक दिन छिपने के करीब मुख्य मेट स्टॉरबक से सूचना मिली कि कप्तान ने सबको पीछे वाले डेक पर बुलाया है। इस असामान्य आदेश से एक बारगी तो सबको सांप सूंघ गया, क्योंकि प्रायः ऐसे आदेश तभी जारी किए जाते हैं, जब जहाज़ पर कोई आफ़त आने वाली हो। लोग तरह-तरह के अनुमान लगाते हुए डेक पर पहुंचे और पंक्तिबद्ध होकर आशंकित मुद्रा में कप्तान की ओर ताकने लगे। उसका चेहरा दृढ़ निश्चय से चमचमाता सा लगा। वह एकटक समुद्र की ओर घूर रहा था फिर उसने वहां उपस्थित सब लोगों का अभिवादन कर सबको धन्यवाद दिया और पूछा 'मित्रो किसी ह्वेल को देख लेने पर आप सबसे पहले क्या करोगे?'

'हम शोर मचाकर सबको शिकार आ जाने की सूचना देंगे।' लोग बोले।

'गुड! और फिर उसके बाद क्या करोगे?' कप्तान ने पूछा।

'जहाज़ से नौकाएं लेकर पानी में उतर जाएंगे और उसे घेरे में लेने की

कोशिश करेंगे और हारपूनों और भालों से उसे ज़ख्मी बना देंगे। और क्या?'

अपने मनचाहे संकल्प की अनुगूंज अनेक कंठों से सुनकर कप्तान का दिल मानो बल्लियों उछला और उसने अपनी जेब से सोलह डॉलर का सोने का एक खनकता हुआ स्पेनिश सिक्का निकाल कर अस्त होते सूर्य की रोशनी में चमचमा कर दिखाया और मुख्य मस्तूल की ओर जाकर उसे वहां जड़ दिया और ऐलान किया–'मित्रो शुद्ध सोने का यह सिक्का उस शख़्स को मिलेगा जो मुझे सबसे पहले उस ह्वेल की खबर सुनाएगा जिसका सिर सफ़ेद है, भौंहे झुर्रीदार और जबड़ा टेढ़ा है। उस सफ़ेद सिर वाली ह्वेल की पीठ में तीन-तीन हारपून घुसे हुए हैं, समझे। अब बस तुम सब उसकी टोह में लगो तुम्हारी निगाहें अब पानी पर ही जमी रहनी चाहिएं; और जब कहीं तुम्हें फुहारें छूटती दिखाई दें तो बस सबको सूचित कर दो। तुम सब की निगाहें अब बस उस सफ़ेद ह्वेल की ही खोज में लगी रहनी चाहिएं, बस उसी की, हां।'

'कप्तान अहाब' मेट स्टॉरबक बोल पड़ा, 'मैंने भी उस सफ़ेद ह्वेल मोबी डिक के बारे में सुना है; क्या सचमुच उसी ने तुम्हारे पांव को चबा डाला था?'

'ओ स्टॉरबक ज़्यादा मत बोलो' अहाब ज़ोर से जानवरों की तरह दहाड़ा। 'मुझे भरमाओ मत, मुझे खूब मालूम है कि वह मोबी डिक ही थी जिसने मुझे अपंग बनाया, यह मुरदार खूंटा थमाया। उस मोबी डिक को भला मैं कैसे भूल सकता हूं। उस कम्बख्त ने ही तो मुझे सदा-सदा के लिए जीवन की सारी नियामतों के लिए अपात्र बना दिया; देख लेना, एक दिन मैं' और उसने अपने दोनों हाथ ऊपर उठाए और ज़ोर से चिल्लाकर बोला, 'मैं उसे खोज कर ज़रूर मार डालूंगा। वह चाहे दुनिया में कहीं भी पहुंच गई हो, गुड होप से लेकर नारवे तक, कहीं भी जा छुपी हो, उसे नष्ट ज़रूर करूंगा और मैं इसके लिए ही तुम्हें जहाज़ी बनाकर लाया भी हूं। जब तक हमें वह मिल नहीं जाए और मुंह से खून उगलते हुए, छटपटाती हुई मर नहीं जाएगी, आप लोग मेरा साथ देने से मुंह नहीं चुराएंगे। आप लोग मेरे समर्थन में हाथ उठाकर बोलें कि आप मेरा दिल नहीं तोड़ेंगे, मेरा साथ नहीं छोड़ेंगे। आप लोग, मैं जानता हूं, बड़े बहादुर योद्धा हैं, इस महान संग्राम में एक मछली के सामने, चाहे वह कितनी ही ताक़तवर क्यों न हो, मनुष्य को पराजित नहीं होने देंगे। हमें अब किसी भी ऐसी बात को अपने दिल में कतई नहीं आने देना है जिससे हमारा हौंसला हमारी गिरफ़्त से छूट जाए। हमें मैदान नहीं छोड़ना है।'

'हां, हां।' सारे जहाज़ी एक साथ चिल्लाए, 'हम सब तुम्हारे साथ हैं। मरते दम तक हमें तुम अपने साथ ही पाओगे। हम उस सफ़ेद ह्वेल मोबी डिक को ज़रूर-ज़रूर मारेंगे।'

स्टॉरबक महज़ इतना ही बोला, 'हां कप्तान साहेब, ईश्वर हमारी रक्षा करे।'

अहाब के आदेश पर शराब से भरा कांसे का एक बड़ा पात्र मंगवाया गया; और रात होने के पहले ही जहाज़ के सारे अधिकारी और मल्लाह शराब की चुस्कियों के साथ मोबी डिक से बदला लेने के अहाब के संकल्प के प्रति अपनी निष्ठा दुहराते रहे; केवल स्टॉरबक अकेला भुनभुनाता रहा, 'हमारा क़रार ह्वेल के शिकार द्वारा जहाज़ के हिस्सेदारों को मुनाफ़ा कमा देने का था, न कि एक जानवर से दुश्मनी ठानकर उसे नष्ट कर डालने के संकल्प में ही सिमट जाने का...' लेकिन अहाब ने उसकी भुनभुनाहट को दूसरों के कानों तक पहुंचने नहीं दिया; वह उत्साह में भर पूरे ज़ोर से रह-रह कर चिल्लाता जाता था–'पियो जी भर कर पियो और सच्चे मन से यह संकल्प अंगीकार करो कि मोबी डिक के लिए हम अपने भाले तैयार रखेंगे और अगर हम अपना प्रण बिसराएं, तो हमारा ईश्वर हमें बख़्श दी गई हमारी सांसे हमसे छीन ले!'

डेक पर समुद्र गर्जन के समान ही मानव स्वर गूंजे, 'मोबी डिक को मारेंगे, अथवा जीवन हारेंगे।' अपने-अपने हारपूनों और भालों, बरछों को सबने चूमा और सभा विसर्जित हुई।

मैं, इस्माएल ही भला क्यों पीछे रहता, मैंने भी सभी संकल्प लेने वालों के साथ अपने-आपको अहाब के संकल्प की डोरी से बांध लिया। उस समय मुझे सचमुच ही ऐसा लगा था जैसे संकल्प केवल अहाब का नहीं होकर हम सारे जहाज़ियों का हो और अहाब के संकल्प में मुझे अपने जीवन का श्रेय भी नज़र आने लगा। मेरे मन में अहाब के लिए असीम श्रृद्धा उत्पन्न हो गई, परंतु साथ ही मन के किसी कोने में से ननटुकेट में मिला वह अजनबी सवेतक भी, जिसने हमें पिकोड की इस शिकार यात्रा में सम्मिलित होने से रोकना चाहा था, प्रकट होकर अट्टहास करता दिखाई दिया–'अह्हा, हाऽ, अब तो तुम संकल्प से बंधे हो, अब अपनी मौत को रास्ते से कैसे हटाओगे?'

अपने कानों को छूते हुए अस्फुट स्वर में जैसे मैंने अपनी मृत्यु को सुनाते हुए कहा, 'मैंने तब कानों से तेरा समाचार सुना था; परंतु अब मेरी आंखें

तुझे (सामने) देखती हैं।' किसी अज्ञात प्रेरणा से मैं प्रार्थना में झुक गया, 'हे परमेश्वर मुझ पर अनुग्रह कर, मैं कुम्हला गया हूं; मेरे प्राण बचा; अपनी करुणा के निमित्त मेरा उद्धार कर ! हे प्रभु...।'

गुज़रे कुछ समय से महासागरों में निर्बाध घूमने वाले मछेरों और स्पर्म ह्वेलों के दुर्दान्त शिकारियों के मन में समुद्रों में सबसे अलग-थलग विचरने वाली उस सफ़ेद ह्वेल मछली, मोबी डिक को लेकर भारी भय समाया हुआ था ! बहुतों ने यद्यपि अभी तक उसे देखा तक नहीं था, फिर भी वे डर चुके थे और जिन्होंने किसी दुर्योगवश उसे देखा या देखकर घेरने का दुस्साहस दिखाया था उनके लिए तो वह आपदा ही सिद्ध हुई। उन पर आई यह आपदा केवल कलाईयां, घुटने, जबाड़े टूटने और अन्य अंग विच्छेदन तक ही सीमित नहीं रह पाती थी, बल्कि उनकी जान ही लेकर रहती थी। इसलिए उसे लेकर शिकारियों में तरह-तरह की अफ़वाहें भी फैलीं। कुछ लोगों का यह भी मानना रहा कि वह कोई ह्वेल मछली नहीं, वरन् कोई अभिशप्त समुद्री पिशाच या जिन्न है जो निर्जन महासागरों में कभी भी, कहीं भी, ह्वेल मछली के रूप में किसी को भी फुहार छोड़ता मिल सकता है। लेकिन इन सारी बातों को यह तो सार निकलता ही था कि स्पर्म ह्वेलों की प्रजाति में सफ़ेद ह्वेल यानी मोबी डिक सबसे विराटकाय मछली है !

उसकी कमर में अहाब का भाला गड़ा रह गया; तैश्तेगो और देगू को भी उसके दर्शन हो चुके थे; अपना बचाव करते हुए उसकी भाग निकलने की चतुराई और पलटवार करने की उसकी क्षमता बेमिसाल थी और बड़े से बड़े माहिर शिकारियों की होश उड़ाने की भरपूर कुव्वत भी उसमें थी। उसका बर्फ के समान श्वेत झुर्रीदार माथा और पीठ में पिरामिड की शक्ल का उभार, उसकी मोटाई और विराटता उसकी विशेषताएं हैं यानी स्पर्म ह्वेल प्रजाति में उसकी अद्वितीयता ह्वेल के शिकारियों की दृष्टि में उसे अलौकिकता के दर्ज़े में रखती है और हम लोगों ने उसे मार डालने का संकल्प लिया ! शायद इसलिए कि मनुष्य अपने सामने किसी अन्य को कुछ भी बखानने के लिए तैयार नहीं है। मनुष्य अपने से बड़ी चीज़ों को नष्ट करने में ही अपनी सार्थकता समझने लगा है !

मेरा क्या, मैं तो खैर किस्मत का मारा था जो ह्वेल के शिकारियों की इस यात्रा में अपात्र होते हुए भी आ गया, लेकिन पिकोड के ये सारे जहाज़ी

अफ़सर और मल्लाह सबके सब एक से एक दोग़ले, धर्म-भ्रष्ट और पाखंडी प्रकट हुए हैं। इन जंगलियों में धर्म भावनाएं जगती तो हैं, पर वे अधिक देर टिक नहीं पाती।

स्टारबक की धर्म भावना, स्टब्ब का हंसोखरापन और फ्लास्क की कर्तव्यपारायणता मौलिक गुण रहते हुए भी, अहाब के मोबी डिक को दुश्मनी के कारण नष्ट करने के वैराग के सम्मुख ओछे सिद्ध हो रहे थे। उस दिन जब हम सबने डेक पर खड़े होकर अपने-आपको अहाब के संकल्प से बांधा था, तब से ही, अहाब अपनी मांद में घुसा-घुसा चारों महासागरों के नक्शों में उन निशानों और रास्तों को चिह्नित करने लगा जहां-जहां वह काई हुआ करती है जो स्पर्म ह्वेलों का खाद्य होती है। उसकी योजना उन सभी क्षेत्रों में जाकर मोबी डिक को ललकारने की थी।

धीरे-धीरे महीनों पर महीने बीतते चले गए... उस एक लक्ष्य के अतिरिक्त हम सभी कुछ बिसरा चुके थे; उस सफ़ेद ह्वेल से सामना करने के लिए तैयार बैठे रहने के अलावा हमें अब और कोई काम सूझता ही नहीं था, क्योंकि हम अपने कप्तान के मक़सद में अपने सपनो को पूरी तरह विलय कर चुके थे।

फिर कुछ और सप्ताह बीते। क्यूकेग और मैं चटाई बुनने में व्यस्त थे, तभी पिकोड की सारी निस्तब्धता एक ही पल में काफ़ूर हो गई–सब ओर से चीख़ने-पुकारने की आवाज़ें सुनाई देने लगीं! नीग्रो तैश्तेगो मस्तूल पर चढ़ा बार-बार एक तरफ़ इशारा करते हुए अस्पष्ट स्वर में चीख़ रहा था–'वहां वह पानी उछाल रही है–उधर-वे किल्लोलें कर रहीं हैं, फुहारें छूट रही हैं...' वह हवा में अधर लटका हुआ व्यग्रता से दूर क्षितिज की ओर ईशारा कर रहा था।

'उधर हवा के बहाव की तरफ़ लगभग चार मील की दूरी पर उनका पूरा कुनबा मौजूद है...' तैश्तेगो ने जल्दी-जल्दी बताया।

जहाज़ पर हड़कंप मच गया! स्पर्म ह्वेल सदा एक निश्चित फासला रखते हुए फुहार छोड़ती है, शिकारी उसकी ऐसी खसूसियत से ही उसके ठिकानों को जान लिया करते हैं। तैश्तेगो फिर चिल्लाया, 'वे गईं चली गईं।'

जहाज़ को हवा के बहाव से मुक्त कर लिया गया और अब वह आहिस्ता-आहिस्ता उलटी ओर खिसकने लगा था जिधर ह्वेल थी। रस्सियों की गुण्डलें नौकाओं में फिक्स कर डाली गईं, क्रेनें बाहर झांकने लगीं; मुख्य मस्तूल का लट्ठा पीछे हटा लिया गया और तीनों नौकाएं समुद्र के ऊपर लटका दी

गईं; डेक पर बादबान थामे, अगला पांव हवा में उठाए, मल्लाह नीचे कूद जाने के आदेश का बेचैनी से इंतज़ार करने लगे।

तभी सबने हैरानी से देखा अहाब एकाएक डेक पर पांच अजनबियों से घिरा हुआ प्रकट हुआ। जहाज़ के दूसरी ओर से आहिस्ता-आहिस्ता सावधानी बरतते हुए कप्तान के लिए नियत नौका समुद्र में उतारी जाने लगी थी। वे अजनबी मजबूत क़द-काठी के पीले-पीले, मनीलाई वन-जीवियों से लग रहे थे। उनका मुखिया लंबा और काला और अपने सिर पर सफ़ेद पगड़ी, बदन पर रुई की चीनी जाकेट और पैरों में ढ़ीला-चौड़ा पायजामा पहने हुए था। अभी पिकोड के जहाज़ी अजनबियों को अचरज से निहार ही रहे थे कि अहाब ने उन लोगों के मुखिया को पुकारा–'तैयारी हो गई फ़ैदल्ला?'

'जी एकदम!' वह बोला। 'तो फिर कूदो...तुम भी सुन रहे हो? नौकाएं उतार लो, चलो।' अहाब की दहाड़ सुनते ही सब लोग सक्रिय हो गए। चकरी घूमने लगी। समुद्र पर लटकी तीनों नौकाएं भी नीचे समुद्र में उतारी गईं। हिम्मत और निपुणता दिखाते हुए जहाज़ी उन नौकाओं में कूद पड़े। अहाब को क्रेन की मदद से उतारा गया। जहाज़ के पीछे से निकलकर उसकी वह विशेष नौका, उन आदमियों को लेकर, तेज़ी से लक्ष्य की ओर बढ़ने लगी। नए आदमियों के हाथों में पतवारे पानी में ऐसे पड़ रही थी मानो लुहार लोहा पीट रहा हो छपाक्...छपाक्...छप...छप। और ह्वेल की हड्डी से बनी अपनी टांग के सहारे नौका के अग्रभाग में खड़ा अहाब आदेश दे रहा था–तेज़ और तेज़...और तेज़...और...और। फ़ैदल्ला खुद पिछले हिस्से में हारपून सम्हाले खड़ा था।

तीनों नौकाएं, अभी काफ़ी पीछे थी। सभी जहाज़ी और मेट आज पहली बार उन अजाने जहाज़ियों को देख रहे थे, लेकिन मुझे याद आया कि मैं और क्यूकेग तो उनकी भनक उस दिन सवेरे धुंध और कुहरे में तभी पा गए थे, जब हम पिकोड पर सवार होने आ रहे थे; तब ये छुपते-छुपाते हुए जहाज़ की ओर लपके जा रहे थे; उस दिन सवेरे-सवेरे हम उनके चेहरे चीह्न नहीं पाए थे और बाद में जहाज़ पर आकर ये हमारे सामने नहीं पड़े; हां रातों में हम यह ज़रूर सुनते रहे थे कि चौकीदारों को कुछ रहस्यमय आवाज़ें सुनाई देती हैं। वे यक़ीनन इन्ही लोगों की रही होंगी, क्योंकि इनके जहाज़ पर होने का मक़्सद हमें उस दिन हमारे न चाहते हुए भी उस अजीब सचेतक ने समझाने की कोशिश की थी जिसे तब हमने तवज़्ज़ो नहीं दी थी।

'अब तो समझ गए होंगे कि क्यों अहाब गोदाम के आसपास बना रहता था?' स्टब्ब ने स्टॉरबक को सुनाते हुए ज़ोर से कहा, 'इन लोगों को उसने पैलेग और बिल्दाद की नज़रों से छुपाकर वहीं रखा होगा। कप्तान ने इस यात्रा का मक़सद ही बदल डाला–इन लोगों की आंखे देखीं तुमने, कैसी खूनी प्यास है–कैसे राक्षसों की तरह झपाटे से आगे निकल गए हैं।'

'अब कलपो मत, हारपून सम्हालो दोस्त-देखो वे कितना आगे पहुंच गए हैं–' स्टारबक ने अपना ध्यान अपने मल्लाहों पर लगाया, और उन्हें उकसाता हुआ बोला–'ज़ोर लगाके।'

नौकाएं परस्पर अलग-थलग पड़ चुकी थीं। स्टारबक बातों में लगा होने से वातावरण में बढ़ जाने वाली धुंध से बेखबर हो गया और सामने सर्पगति से गुज़र जाने वाली तीन ह्वेलों को समय रहते देख नहीं पाया था, लेकिन क्यूकेग सावधान था, उसने हारपून साधा तो स्टारबक को भी चेत आया।

'वह रहा उसका कूबड़...वहां...वहां उधर...वहीं मारो उसे...शाबास।' स्टारबक ने फुसफुसा कर कहा और क्यूकेग को लोहे का वह भाला हवा में लहरता हुआ जाकर ह्वेल की पीठ में धंस चुका था। ह्वेल के फड़फड़ाने से पानी में उथल-पुथल हुई और हमारी नाव बड़ी तेज़ी से डूबने उतराने लगी। अप्रत्याशित हिचकोलों से पाल टूटकर गिर गया, नाव के पिछले हिस्से में ह्वेल की पूंछ आ लगी–खटाक् और एक भूचाल सा आ गया और नाव उलट गई हम सब पानी में गिर गए। सारा सामान पानी में छितरा गया। बचने की कोशिशों में हमने खूब हाथ-पांव चलाए, लेकिन इस बीच हारपून कमर में लिए-लिए मछली कहीं खिसक गई। दूसरी नौकाओं से भी यद्यपि हारपूनों की वर्षा होते मैंने देख ली थी, लेकिन ह्वेल के छटपटाने से पानी चूंकि गजों ऊपर उछला था इसलिए वे मेरी निगाह से भी ओझल हो गईं। ह्वेल के नथुनों से छूटती बेतहाशा फुहारों के छींटे हमें उल्कापात के समान तकलीफ़देह लग रहे थे और धुंध अभेद्य पर्दे के समान चारों ओर छा गई थी।

पानी शांत हुआ; हम लोगों ने, बहुत मेहनत करके, उलट गई अपनी नाव ढूंढी और इधर-उधर तैरते हुए चप्पुओं को इकट्ठा किया। नाव में से पानी उलीचा और हम नाव के सहारे आगे बढ़ चले। अंधेरा इतना बढ़ गया था कि हमें हमारे जहाज़ का भी कोई अता-पता नहीं सूझ रहा था। हम लोग गीले कपड़े पहने, ठंड से कांपते हुए, घुटने समुद्र में डुबाए, हाथों से पानी को काटते हुए,

अनुमान से ही दिशा भांपते हुए नाव खेने की कोशिश में लगे रहे। भूखे-प्यासे हम जब तक सांस तब तक आस वाले मुहावरे के भरोसे नाव खेते रहे। हमारे सामने और कोई चारा भी तो नहीं था।

आखिरकार पौ फटी; हालांकि धुंध अभी छंटी नहीं थी, ठंड से कांपते हुए हमें निराशा भरे क्षणों में मशीनों की भयानक घड़घड़ाहट बहुत निकट से सुनाई पड़ी। धुंध के बीच हमारी जहाज़ एक भयानक साए की तरह हमारे सामने प्रकट हुआ। हम लोग फटाफट अपनी नाव छोड़कर समुद्र में कूदकर एक ओर हो गए। दूसरे ही क्षण नाव जहाज़ की लपेट में आकर उलट गई जिसे जहाज़ के गुज़र जाने के बाद हमने पुनः सीधा किया और उस पर चढ़कर जहाज़ की दिशा में आगे बढ़ने लगे और अंततः देख लिए गए, जिससे हमें जहाज़ पर सवार होने का मौका मिल गया। दूसरी नौकाएं हमें पानी की उथल-पुथल में फंसा देख, डर कर जहाज़ पर लौट आईं थीं और सबने रात-भर जहाज़ पर वापस न लौट पा सकने पर हमें डूब गया मान लिया था। सुबह होते ही वे लोग आगे बढ़ चले थे कि हम मिल गए।

डेक पर पांव रखते ही मैं बुदबुदाया, 'हे यहोबा तूने मेरी आयु बालिश्त भर की रखी है; और अब हे प्रभु मैं काहे की बाट जोहूं।'

मुझे अब अपना खेल खत्म सा होता लगने लगा, 'बेटा इस्माएल' मैंने अपने-आप को धिक्कारना शुरू किया, 'बड़े सुरते बनते थे, जहाज़ी बनेंगे, दुनिया देखेंगे, मुनाफा मिलेगा। देख ली दुनिया? और मुनाफ़ा होगा तभी तो मिलेगा और जब तुम जीवित ही न रहे तो...?' मैं क्यूकेग से बोला, 'मर तो हम उसी दिन गए थे, जब पिकोड पर चढ़े थे, अब तो ये सांसे लुभाव की हैं। मुझे अफसोस इस बात का है कि जीवन मोबी डिक से बदले की कार्रवाई के लिए जाएगा। हीरा जनम अमोल, कौड़ी के बदले जा रहा दिखने लगा है, खैर मैं न रहूं तो तुम मेरा उत्तराधिकार पाना, मैं मृत्युपत्र लिखूंगा।' क्यूकेग कुछ बोली नहीं, बस हंसता रहा।

अहाब के सूरमाओं की कलई उतर चुकी थी। वे अब मल्लाहों से अधिक नहीं रह गए थे, बस फ़ैदल्ला, चूंकि वह अच्छा और सभ्य व्यक्ति था, अहाब का कृपापात्र बना रह गया था। समय गुज़रता गया। पिकोड लहरों से आंख-मिचौली खेलता, कई ह्वेल क्षेत्र 'अज़ोर' से 'केप देवरदॉस', वहां से फिर 'रियोदेप्लॉटा' पीछे छोड़ता हुआ 'सेन्ट हेलेना' के दक्षिण में मूंगे के द्वीप से गुज़र रहा था।

उस दिन मौसम खुला हुआ था। कुछ दूरी पर समन्दर में सफ़ेद झाग देखकर मस्तूल पर चढ़ा देगू चिल्लाने लगा, 'उधर देखो, वहां वह पानी के ऊपर फुहारें छूट रही हैं...' उसे सफ़ेद ह्वेल का आभास लगा इसलिए उत्साह में भरा बोला, 'मोबी डिक, मोबी डिक है।'

नौकाएं पानी में उतर कर दौड़ीं। अहाब की नाव आज भी सबसे आगे रहकर उस स्थान पर सबसे पहले पहुंची, लेकिन तब तक वहां सब कुछ सामान्य दीखने लगा था। यद्यपि जहाज़ पर से सब लोग सफ़ेद बुलबुलों से आगे रह-रह कर चमचमाती हुई फुहारें देख कर ही दौड़े थे।

रात में फिर वैसा ही हुआ। पहरेदारों द्वारा फुहारें देखी जाने की सूचना पाकर पिकोड पर फिर हलचल शुरू हुई। जहाज़ी मोबी डिक के पीछे दौड़ने को उतावले हो रहे थे। लंगड़ाते हुए अहाब ने आकर फौरन पाल ठीक कराए और तेज़ी से हम लोग हवा की विपरीत दिशा में बढ़ चले। लेकिन पूरी रात बीत जाने पर वह फुहारें फिर नहीं दिखीं। थका-मांदा स्टॉरबक फूट पड़ा–'अगर मोबी डिक संघर्ष में छका कर निकल भी गई होती तो भी इतनी पस्ती नहीं आती, जितनी मुरदनी इस सफ़ेद भूतनी की आंख मिचौली से महसूस हो रही है!'

'क्या, क्या वह भूतनी थी?' फ्लास्क ने हैरान हो पूछा।

'हां, चारा फैंकने आई थी छिनाल; लोग बताया करते थे कि यह ह्वेल समुद्र में गश्त लगाया करती हैं और शिकारियों को अपने ऐसे फैल दिखाकर लुभाती हैं, फिर चुपचाप उसे समुद्र में भटकने के लिए छोड़कर अपने झुण्ड को ख़बरदार करने चली जाया करती हैं।' स्टॉरबक की बात पर अहाब ने कुछ हां-हूं नहीं कहा। उसने नौकाएं लौटाने और पाल चढ़ाने का आदेश दिया।

स्टॉरबक इस बुरे शकुन से किसी अनहोनी की आशंका से उदास था; पर क्यूकेग का तजुर्बा कुछ अलहदा थाः 'इस प्रकार जब मछलियां आपा झलकाया करती हैं, तो ह्वेल अवश्य ही मिला करती हैं।' और उसकी सच्चाई ज़ल्दी ही प्रकट भी हो गई। उस दिन गर्म समुद्री हवाओं के कारण हमारा दम घुटा जा रहा था। हिन्द महासागर के इस भाग में प्रायः ह्वेल देखी नहीं जाती। पहरा देने की अपनी बारी होने के कारण मैं आज मुख्य मस्तूल पर था, लेकिन पलकें बोझिल होते हुए भी मैंने देख लिया कि ठीक हमारे दाहिनी ओर चालीस धनुमान से भी कम दूरी पर ह्वेल अपनी पूरी मस्ती में पसरी हुई फुहारें छोड़ रही है, उनकी पीठ धूप में चमचमा रही है।' मैंने तत्काल उसकी सूचना प्रसारित

क्यूकेग लोहे के भाले से ह्वेल का शिकार करता हुआ

कर दी। ज़ल्दी से ज़ल्दी, किंतु पूरी सहजता बरतते हुए हमारी नौकाएं वहां पहुंच तो गईं; किंतु नौकाओं के चप्पुओं की ध्वनि से वह चौकस हो गई; और उस राक्षसी ने अपनी पूंछ हवा में लगभग चालीस फुट ऊपर उठाई; और हम सबके देखते-देखते पानी में समा गई–और हम सबके मुंह से निकला–'हत् तेरे की। गई पानी में।' किंतु अभी उसके जल के समाने से उत्पन्न गड़-गड़ ध्वनि शांत ही हुई थी कि ह्वेल स्टब्ब की नाव के एकदम पास ही पानी से अपनी मुंडी निकालकर ऊपर उचकी, पानी में फिर उछाल आई और नावें हिचकोले खाने लगीं।

'मारो...मार दो शेरो, शाबाश', पाईप से ढेरों धुआं उगलता हुआ स्टब्ब चिल्लाया, 'एक हारपून मुझे दो तैश्तेगो, लाओ।'

हवा में भाले, बर्छे और हारपून उछले-तैश्तेगो को हारपून सीधा ह्वेल के सिर में जा घुसा था। ह्वेल तेज़ी से उलटने-पुलटने लगी जिससे हारपून से बंधा रस्सा खिंचना शुरू हो गया। स्टब्ब इसके लिए तैयार ही था। 'रस्सी छोड़ो' वह चिल्लाया, 'एक ओर रहो।'

'सर्र...सर्र करती रस्सी नाव में से सरक कर ह्वेल के चारों ओर लिपटती चली गई। हारपून में बंधी रस्सी खुद फैंकने वाले के लिए प्राणलेवा सिद्ध हो सकती है, अगर वह रस्सी की चपेट में आ जाए या उसे खींचने की चेष्टा करे। सन से बनी इस रस्सी को अलकतरा से पोत कर मजबूती दी जाती है। इसे गुच्छियों में भी इस प्रकार लपेटकर रखा जाता है कि खिंचाव शुरू हो जाने पर यह अपने-आप सरकती चली जाए। ह्वेल लोटती-पोटती बवंडर मचाती जब थक गई सी लगी, तो स्टब्ब चिल्लाया–'खींचो, रस्सी अपनी ओर खींचो।

सब मिलकर ह्वेल की ओर मुंह करके रस्सी खींचने लगे, लेकिन ह्वेल में अभी ज़ोर बाकी था इसलिए नाव उसी के नजदीक होती चली। स्टब्ब ने तब लंबा भाला लिया और निशाना साधकर ह्वेल की ओर फैंका। भाला ठीक जगह पर जा लगा और खून का फव्वारा छूटने लगा। पानी का रंग काफ़ी दूर तक बदला-बदला नज़र आने लगा। ह्वेल जैसे-जैसे कूद-फांद मचा रही थी, फुत्कारें छोड़ रही थी, उसके पेट में हवा भरती जा रही थी, जिससे उसके नथुने और बगलें झटका ले-लेकर फूलने और पिचकते चलने से सांस लेने की उसकी असमर्थता बढ़ती जा रही थी। और फिर सब कुछ शांत हो गया।

'वह मर गई मिस्टर स्टब्ब।' तैश्तेगो ने बताया।

'हां, सरक गई फूक।' स्टब्ब बोला और फिर कुछ क्षण गंभीरता से ह्वेल के मृत शरीर को देखते रहने के बाद उसने अपने मुंह से पाईप निकाल कर राख झाड़ी।

ह्वेल से जुत्थम-जुत्था होते-होते हमारी नौकाएं हमारे जहाज़ पिकोड से काफ़ी दूर निकल आई थीं। यह ह्वेल ज़िंदा रहते हुए हमें काफ़ी थका चुकी थी और अब यद्यपि मर चुकी थी, पर अभी भी हमारा सिरदर्द बन गई थी। ह्वेल की लोथ को जहाज़ तक ले जाने की मशक़्क़त तो अब होने वाली थी। आमतौर पर स्पर्म ह्वेल अस्सी से लेकर नब्बे फुट लंबी और लगभग चालीस फुट मोटी होती है और उसका वज़न नब्बे टन के बराबर निकलता है। यह ह्वेल चूंकि बहुत जानदार रही थी इसलिए यह भी इतनी तो होगी ही। हम चप्पू खेने वाले अट्ठारह आदमी थे; रस्सों से बांध-बूंधकर भी जब ह्वेल खींची जानी मुश्किल दीखी तो हमने तीनों नौकाओं को आगे-पीछे बांध कर एक बेड़ा सा बनाया और ह्वेल को उसके साथ बांधकर आगे ठेलते हुए जहाज़ की ओर बढ़े। अंधेरा छाया हुआ था, परंतु हमें जहाज़ पर रस्सों से बंधी लालटेन प्रकाश स्तंभ बनी रास्ता सुझा रही थी। हाड़तोड़ मेहनत करके आख़िरकार हमने ह्वेल की लोथ को ले आकर जहाज़ के एक पार्श्व में बांध ही दिया। डेक पर पहुंचते हमें आधी रात हो गई थी। तभी स्टब्ब ने अपने सहायक देगू को नीचे भेजकर ह्वेल के शरीर से थोड़ा मांस कटवाकर मंगाया और उसके कबाब बनवाकर सबको खिलाए। नीचे शार्क मछलियों का एक पूरा कुनबा धीरे-धीरे खून की टोह पाकर इकट्ठा होना शुरू हो गया था।

सोचा गया कि रात-रात में शार्क ज़रूर ह्वेल का मांस नौंच-नौंच कर उसे चट कर डालेंगी इसलिए ह्वेल के टुकड़े-टुकड़े करके जहाज़ पर ऊपर ही ले आया जाए। क्यूकेग, देगू और तैश्तेगो अपने साथ कुछ दूसरे जहाज़ियों को नोकदार बेलचों से लैस करके नीचे ले गए, जहां कुछ तो शार्कों को बेलचों से मार-मार कर खदेड़ने के काम में लगे और दूसरों ने ह्वेल के बड़े-बड़े टुकड़े काटकर ऊपर जहाज़ पर पहुंचाने की मुहिम सम्हाली। दिन निकलते-निकलते जहाज़ पूरा कसाई खाना और जहाज़ी पूरे कसाई जैसे ही दीखने लगे थे, क्योंकि वहां सब ओर रक्त और मांस का ही नज़ारा पसरा पड़ा था। तैल प्राप्त करने के लिए ह्वेल के शरीर से उसकी खाल की बारह से लेकर पन्द्रह इंच मोटी परत की परत ऐसे उतार ली गई जैसे संतरे से उसका छिलका उतार लिया जाता

है। इसमें से लगभग सौ बैरल तैल तो ज़रूर-ज़रूर निकल आना साधारण सी बात होगी! शरीर से सिर काटकर अलग कर लिया गया और उसे समुद्र के ऊपर लटके हुकों में फंसा कर टांग दिया गया। शेष दो तिहाई भाग समन्दर में फैंक दिया गया, जहां वह शार्क मछलियों द्वारा चट करने को हाथों-हाथ लपक लिया गया। अब ह्वेल के सिर की चीर-फाड़ी होनी थी।

तैश्तेगो, देगू और क्यूकेग चीर-फाड़ में लग गए; क्यूकेग ने मसूड़ों को चीर डाला; पंद्रह फुटी जबाड़ों में से कुल बयालीस दांत मिले क्योंकि यह ह्वेल अधिक आयु की हो चुकी थी। सिर का ऊपरी हिस्सा हड्डी विहीन होता है, जिसे खोल कहा जाता है और उसकी लंबाई छब्बीस फीट से कम नहीं रहती, जिसमें लगभग पांच सौ बैरल, कच्चे दूध के माफ़िक मीठा और सुगंधित तैल भरा होता है। ह्वेल के सिर से तैल निकालना बड़ी ही हिक़्मत से पूरा होता है। इसकी तरकीब देखने लायक होती है। तैल निकालते समय हुआ एक हादसा मुझसे शायद ही कभी बिसराया जा सकेगा, हालांकि उसमें मेरी अपनी कोई भूमिका नहीं थी।

तैश्तेगो ने ह्वेल के सिर में से तेल हुंचने के लिए, उसके क़टे हुए भाग के ऊपर चढ़कर, उसे खोल डाला था और वह उस तैलकुंड में से बाल्टी भरता और ऊपर खड़े व्यक्ति को, उसे खींच लेने का, संकेत करता जो बाल्टी ऊपर खींच लेता जैसे कुंए से खींची जाती है। तैश्तेगो लगभग अस्सी या नब्बे बाल्टी ही पकड़ा सका होगा कि उसका पैर फिसल जाने से वह उस ह्वेल की खोपड़ी में तैल से भरे कुंड में जा गिरा। फिसलते हुए को पकड़ने की कोशिश में जो हिला-डुली हुई उससे ह्वेल का सिर समुद्र के ऊपर टंगे हुए हुक से आज़ाद होकर समुद्र में गिर गया।

'डूब गया, डूब गया, तैश्तेगो डूब गया।' देगू ने चिल्लाकर अलहदा खड़े अपने मेट को बताया, लेकिन इसके पहले कि कुछ किया जा सका होता, देगू समुद्र में हाथ-पांव पीटता हुआ दिखाई दिया, जब कि तैश्तेगो को अपने पेट में लिए हुए ह्वेल का सिर पानी में डूबने-उतराने लग गया था। तभी सबने देखा डेक पर से कोई नंग-धडंग, हाथ में बड़ी सी तलवार लिए, समुद्र में कूद गया। मेरा बहादुर दोस्त क्यूकेग ही बचाव को आगे आया था। उसने पानी में उतर कर डूबते-उतराते सिर को पकड़ा और तलवार से उसमें कितने ही छेद कर डाले और जब उसके हाथ में तैश्तेगो का पैर आ गया, तो क्यूकेग

ने अपनी तलवार से कुछ भाग और भी फाड़ कर तैश्तेगो का सिर पकड़ कर उसे बाहर खींच लिया। जहां तक ह्वेल के सिर का सवाल है, उसका हस्र वही हुआ जैसा कि किसी भी भारी चीज़ का पानी में गिरने से होता है। मस्तूल पर चढ़े एक जहाज़ी ने जब क्यूकेग को तैश्तेगो को सिर से पकड़े पानी से ऊपर आते देखा तो वह चिल्लाया 'वह देखो क्यूगेक उसे निकाल लाया है, नाव उतारो ज़ल्दी। ज़ल्दी।'

नाव उतारी गई और दोनों को डेक पर ले आया गया। तैश्तेगो को पहले जैसी स्थिति में आने में कई दिन लग गए, लेकिन क्यूकेग उस समय भी बड़ा बेपरवाह सा बना रहा, जब कप्तान ने उसकी बहादुरी के लिए उसे शाबासी दी।

बताने को कई और भी दिलचस्प बातें मैं बता सकता हूं, क्योंकि हमारी इस यात्रा में कई घटनाएं चौंकाने वाली रही हैं। एक बार क्यूकेग को बुखार हो गया और वह परेशान हाल अपने अंत की कल्पना करने लगा। उसने जहाज़ के बढ़ई से अपने नाप का एक डोंगी नुमा ताबूत बनवाया और उसपर ढकना भी चढ़वाया। फिर मुझसे बोला, 'जब मैं मर जाऊंगा तो मुझे इसी ताबूत में लिटाकर समुन्दर में बहा दिए जाने से मेरी आत्मा मेरे पूर्वजों की आत्मा से एकमएक होने के लिए मेरे देश के समुन्दर में पहुंच सकती है।' लेकिन जब कुछ दिन बाद वह पुनः चंगा हो गया उसका वह सारा अवसाद धुल गया तो उसे उस ताबूत की याद भी बिसर गई और फिर एक दिन वह ताबूत जीवन रक्षा नौकाओं के समूह में शामिल कर लिया गया, क्योंकि वह एक लट्ठे को खोखला करके नौका जैसा बनाया जाने से तैरने के गुणों युक्त था। मैं यह बात इसलिए बता रहा हूं कि अंत तक पहुंचते-पहुंचते ही आप इसका महत्त्व खुद ही जानने लग जाएंगे, लेकिन तब तक धैर्य बनाए रखें। बस इतना जान लीजिए कि कुदरतन जो होता है, ठीक ही होता है।–

हमारी इस शिकार यात्रा के दौरान हमें कई अन्य जहाज़ भी यदा-कदा मिलते रहे थे : 'दॉ वर्जिन', 'दॉ रोजबड', 'लन्दन का सैम्युएल एंडरबाई', 'दा बैचलर', 'दा डिलाईट' और सभी से कप्तान अहाब एक ही सवाल पूछा करता था, 'उन्होंने कहीं सफ़ेद ह्वेल मोबी डिक देखी ?' और जब-जब उसे नकारात्मक उत्तर मिलते उसकी तलाश की शिद्दत और भी उग्र हो जाती। एक दिन एक और जहाज़ 'रॉशेल' हमारे जहाज़ के सामने आकर ठहर गया और हमने देखा

कि कप्तान अहाब ने मोबी डिक के वध के लिए पैदा हो गई अपनी बेसब्री के कारण भलाई करने के अपने जीवन का आखिरी अवसर गंवा दिया–

'रॉशेल' का कप्तान अहाब से आज्ञा पाकर जब पिकोड पर आया तो उसने बिना किसी लाग-लपेट के अपना आने का मक़सद बयान कर डाला।

'कल दोपहर हमारी तीन नौकाएं ह्वेलों को घेरने में लगी हुई थीं' तब सफ़ेद मुंह और झुर्रीदार चमड़ी वाली मोबी डिक समुद्र में प्रकट हुई। मेरी चौथी नौका भी वहां पहुंचकर उस पर हारपून साधने लगी। उसने पानी में पूंछ फटकार कर धुंध की एक ऐसी दीवार खड़ी कर दी, जिसके पार कुछ भी देख पाना नामुमकिन हो गया और उसके फलस्वरूप नौकाओं का परस्पर नाता टूट गया। तब वह नहीं मालूम, कहां किस ओर खिसक गई। उसके बाद रात होने तक तीन नौकाएं तो खोज ली जा चुकी हैं, पर वह चौथी नौका अभी तक नहीं मिली है। उसमें मेरा बारह साल का बेटा भी है। मैं चाहूंगा कि आप चार-पांच मील के क्षेत्र में, मेरी चौथी नौका को खोजने की मेरी मुहिम में सम्मिलित हों। संभव है कि साझेदारी में खोजने से मेरे पुत्र का पता लग ही जाए। आप यदि चाहें तो अड़तालीस घंटे के लिए अपना जहाज़ किराये पर हमारे साथ लगा लें–इस दौरान यह गश्त आपको मक्सद भी पूरा करेगी।'

लेकिन अहाब ने उसकी याचना नामंजूर कर दी; 'कैप्टन गार्डिनर मैं यह नहीं कर पाऊंगा। मेरा दिलो दिमाग़ सिर्फ मोबी डिक पर लगा हुआ है, जिसे मैं एक पल भी बिसराना नहीं चाहूंगा। कृपया मेरी इस मजबूरी के लिए मुझे माफ़ करें। अब आप चलें, मुझे भी मोबी डिक के लिए हड़बड़ी है...' और फिर मेट स्टॉरबक से बोला, 'मिस्टर बक आप दूरबीन सम्हाल लें और तीन मिनट में सभी अपरिचितों को सावधान कर दें कि डेक छोड़ दें, हमें मोबी डिक के लिए निकलना है, अभी।' और फिर वह अपने केबिन में चला गया। अपने ही वैराग में छकड़ी भूले कप्तान को पुत्र बिछोह से निराशा से पीले पड़ गए पिता से कोई हमदर्दी नहीं हुई थी। गार्डिनर बेचारा हताश-निराश और निमाना सा होकर अपने जहाज़ पर लौट गया।

अहाब ने झूठ नहीं बोला था, उसे सचमुच मोबी डिक के लिए तलाबेली लगी हुई थी। उसने अब मोबी डिक के लिए अपने दम-खम सम्हालने शुरू कर दिए और सबसे पहले बरछी, भाले, रस्से और हारपून गिनवाए। फिर जहाज़ के लुहार को बुलाकर उसे स्टील की छड़ें देकर अपने लिए कुछ हारपून

बना देने का आदेश दिया। हारपून के तीरों और बरछों की नोकों को और चंडवाया गया। उसे निकट भविष्य में कभी भी मोबी डिक से मुठभेड़ हो सकने की उम्मीद हो चली थी इसलिए उसने सारी तैयारियां युद्ध स्तर पर करने की ठान ली। वह बैठा-बैठा कभी भी किसी हारपून को हाथ में उठाकर तौलने लग जाता और जहाज़ पर हालांकि रात-दिन निगरानी चलती रहती थी, फिर भी उसने अपने बैठने के लिए रस्सियों की एक टोकरी बुनवाई और सबसे ऊंचे मस्तूल पर एक चकरी लगवा ली, जिसके सहारे वह टोकरी को मस्तूल के सबसे ऊपरी छोर पर लिवा ले जाती और उसमें बैठकर घंटों समुद्र में दूर निगाहें दौड़ाता रहता।

होते-होते ह्वेलों के दूसरे सब आश्रय स्थल खंगालते-खोजते अहाब अपनी शत्रु मोबी डिक की खोज में उन्हीं देशान्तरों पर आ पहुंचा जहां उसे उसका वह दारुण मानसिक त्रास देने वाला ज़ख़्म मिला था; लेकिन रात-दिन चौकसी बरती जाने पर भी अभी तक उसकी कोई खोज-खबर नहीं पाई जा सकी थी। अब अहाब का मिज़ाज भी गरम रहने लगा और उसकी हर समय बनी रहने वाली फाड़-खाऊं मुद्रा से भयभीत हम सब, सिवाय फ़ैदल्ला के, अपने सारे प्रश्न या शंकाएं अपनी आत्मा में ही समेटे हुए चल रहे थे। लहरों में भटकते संकटों से जूझते, हमें भी दिन और सप्ताह काटने भारी लगने लगे थे कि एक रात अचानक हवा में ज़ोर-ज़ोर से नथुने फुलाकर, कोई गंध सूंघता हुआ अहाब, इधर-उधर बौराया हुआ सा, घूम-घूमकर चिल्लाने लगा–'वही गंध, एकदम वही, स्पर्म ह्वेल की गंध...खोजो...खोजो ज़रूर आसपास कोई स्पर्म ह्वेल है। मुझे विश्वास है यह वही राक्षसी–मोबी डिक है। चौकस हो जाओ...मुस्तैद रहना इस बार यह हमारे फंदे से निकल न पाए...।'

उसके ऐसे बौखलाहट भरे अंदाज़ में कही गई उस की बात का शायद ही किसी को यक़ीन आया पर मस्तूलों पर चढ़े, निगरानी करते पहरेदारों में सक्रियता ज़रूर फैल गई और भोर होते ही अहाब का कथन सच साबित होता दिखाई देने लगा।

सुबह हुई। अहाब अपनी दूरबीन लेकर विशेष रूप से अपने लिए बनवाई उस टोकरी में बैठ गया और हम लोगों ने रस्सा खींच कर उसे मस्तूल के ऊंचे शिखर पर पहुंचा दिया। वहां पहुंचते ही कुछ देर बाद ही वह खुशी से चिल्लाया, 'वाह, वही, वह वहां फुहार उड़ा रही है। यह मोबी डिक है। तुम लोगों में से

किसी ने उसे मुझसे पहले नहीं देखा है, इसलिए सोने का यह सिक्का मेरा हो गया...भाग्य ने इसे मेरे निमित्त ही रखा था। मिस्टर स्टॉरबक तुम जहाज़ पर इंतज़ाम सम्हालोगे, यहीं डेक पर रहिए! सब लोग नौकाएं लेकर वहां पहुंचो–तैयार हो जाओ–मुझे नीचे उतारो–स्टॉरबक मुझे नीचे उतरवाईए; जल्दी कीजिए...जल्दी।' और उसे पलक झपकते ही नीचे उतार लिया गया।

नौकाएं समुद्र में उतार दी गईं और चप्पू चलाए जाते रहे–छप...छप...छपाक्। सब लोग एक साथ मुस्तैद, कुछ भी करने को सन्नद्ध। कप्तान अहाब आज खुद आगे रहकर इस मुहिम की कप्तानी संभाले हुए था। फ़ैदल्ला के मुख पर मृत्यु की अदृश्य कालिमा पुती हुई स्पष्ट दीख रही थी। उसकी आंखों में अस्पष्ट सी निराशा विद्यमान थी गोया कह रही हो–'हाय कम्बख़्त मैं कहां आया!' फिर भी वह अपने उत्साह को प्रदर्शित करने में सचेष्ट नज़र आ रहा था।

नौकाएं तेज़ी से मोबी डिक की ओर बढ़ रही थीं और वह अभी भी मुक्त भाव से वैसे ही तैर रही थी, नीले समुद्र में पीठ पर एक भाला गड़ाए हुए। उसके तैरने से एक सफ़ेद सा घेरा बनता जा रहा था। हमारी उपस्थिति के प्रति अनजान या बेपरवाह रहकर वह जिस शांति से तैर रही थी, वह अवर्णनीय होने के साथ-साथ अलौकिक सी भी लग रही थी। कप्तान अहाब के आदेश पर काफ़ी दूर रहते हुए ही चप्पू उठा लिए गए थे और अब हम, धीमी रफ़्तार से नाव खेते हुए, उसके एकदम करीब पहुंचने ही वाले थे कि उसे जैसे हमारी मौजूदगी की भनक पड़ गई। वह चौंकी और उसने अपनी पूंछ पानी से बाहर लगभग बीस फुट ऊपर उछाली और फिर सिर के बल पानी में उतर गई और हम भौचक्के से खड़े के खड़े रह गए। अब सिवाय उसके फिर से ऊपर आने तक इंतज़ार करने के हम कर भी क्या सकते थे।

उसके मार्ग का अनुमान भी होने लगा; समुद्री पक्षी दल के दल अहाब की नौका के ऊपर मंडराने शुरू हो चुके थे। ज़ाहिर था कि ह्वेल इस समय अहाब की नौका के नीचे ही समुद्र में बिचर रही होगी और अब, वह यहीं, कहीं अपना सिर बाहर निकालने वाली है।

एकाएक, अहाब समुद्र के पानी में नीचे झांक रहा था, उसने देखा, एक सफ़ेद सी कोई आकृति तेज़ी से ऊपर की ओर उठती आ रही है; तनिक और ऊपर आ जाने से आकृति स्पष्ट हुई–चमकते हुए दांतों सहित एक जबाड़ा नौका को ज़बरन अपनी गिरफ़्त में लेने की आतुरता लिए बढ़ा आ रहा था।

शिकारी ह्वेल को घेरते हुए

शार्क मछली की सी अदा में, ह्वेल टेढी-मेढी चाल में, पीठ के बल उल्टी होकर, धीरे-धीरे बढ़ते हुए, नौका को वैसे ही समूची लील जाने की जुस्तजू में लग गई थी, जैसे कोई बिल्ली किसी चूहे को दबोचने की कोशिश में लगी होती है। अहाब की खोपड़ी का ऊपरी भाग लगभग छह इंच उस जबाड़े की जद में आ चुका था। अहाब ने बदले की आग में झुलसते हुए हौसला रख कर बड़े जोश पूर्वक हाथ बढ़ाकर, उसका एक दांत पकड़ कर, फांसले को बढ़ाने की कोशिश की, लेकिन पलक झपकते ही जबाड़े की कैंची बंद होनी शुरू हो गई और नाव कड़कड़ाती हुई टूटने लगी। यह तो इत्तफ़ाक ही हुआ कि अहाब और उसके साथी पहले ही झटके में नौका के बाहर पानी में आ गिरे और नौका दो टुकड़े हो गई। मोबी डिक पानी में डुबकी लगाकर एक ओर निकल गई। कुछ दूर जाकर, उसने पहले तो पानी में से थोड़ा उचककर आसमान की ओर देखा और फिर सतह पर आकर, दौड़ते हुए एक बड़ा सा घेरा बनाना शुरू कर दिया। आसपास खड़े दूसरी नौकाओं वाले उसे उस हाल में देखकर आशंकित हुए कि अब क्रुद्ध ह्वेल शायद उनकी ख़बर लेने वाली होगी। नौका से गिरे मल्लाह इधर-उधर पानी में छटपटा रहे थे–कुछ टूटी हुई नाव के सहारे खड़े होकर पानी में अपने को टिकाए हुए थे।

यह सब दूर खड़े पिकोड के मस्तूल से स्टॉरबक ने देखा और उसने, जहाज़ को आगे ले आकर, स्थिति सुधारी–ह्वेल अपने शिकार अधर में छोड़कर वहां से सरक गई। स्टब्ब की नौका द्वारा अध-डूबे अहाब और उसके सारे जहाज़ियों को उठा-उठाकर जहाज़ तक पहुंचाया गया, लेकिन अभी भी अहाब की हिम्मत और संघर्ष क्षमता तथा मोबी डिक को मारने का उसका संकल्प हल्का नहीं पड़ा था। नौका में चढ़ते ही उसे अपना हारपून याद आया–'मेरा हारपून?'

हारपून टूटी हुई नौका में था। जहाज़ पर से क्रेन द्वारा चुन-चुनकर नौका के टुकड़े, पानी में इधर-उधर छितरे पड़े चप्पू, हरपून, बरछे-भाले वापस जहाज़ पर ले आए गए। मोबी डिक से हमारी यह पहली मुठभेड़ थी। दूसरी भिड़ंत में भी कुछ कम दुर्गति नहीं हुई थी।

दिन डूबने तलक सभी लोग डेक पर पहुंच चुके थे। अहाब ने जहाज़ को धीमी गति से चलाए जाने का निर्देश दिया और जहाज़ियों को आराम कर लेने का हुक्म दिया–'ह्वेल रात में धीरे-धीरे चलेगी और कल हमारे पास फटकेगी भी नहीं। हम अब उसे परसों सुलटेंगे' और उसने अपनी आंखे अपने हैट से

ढंक ली और रस्सी के पलने में बैठे-बैठे सो गया। अहाब बड़ा अनुभवी और प्रतिभाशाली शिकारी था, जो छोटे से छोटे लक्षण देखकर सही-सही अनुमान लगा सकता था कि ह्वेल का अगला क़दम क्या होगा और वह किस रफ़्तार से, किस दिशा में दौड़ेगी, लेकिन उसकी ज़िद उसकी सारी योग्यताओं पर पानी फेरने में असमर्थ नहीं रह सकी।

रात भर जहाज़ धीमे-धीमे सरकता रहा। सुबह पहरेदारों ने मस्तूल पर चढ़ते ही ऐलान कर डाला कि जहाज़ भटका नहीं, सही रास्ते पर चलता रहा है। सारे जहाज़ी स्टॉरबक को छोड़कर, मोबी डिक से जूझने की हौंस प्रकट कर रहे थे। स्टॉरबक इसमें अहाब की ज़िद मान रहा था, उसने अहाब से कह भी दिया–'मेरी विनती मानो कप्तान, मोबी डिक का पीछा छोड़ो और वापस चलो। उसे इतने सारे बरछी-भाले लग चुके हैं। आख़िर मर ही जाएगी। ज़िद में क्या रखा है। दुर्भाग्य को बुलावा देने से कोई खुशी नहीं मिल पाएगी।'

अहाब को उसका इस प्रकार बोलना अच्छा नहीं लगा और वह कुछ कहने को मुंह खोलने की वाला था, कि लो! जहाज़ से एक मील से भी कम फांसले पर मोबी डिक अपना बरछी भालों से बिंधा शरीर लिए, पानी की सतह पर, बेखौफ़ पसरी हुई दिखाई पड़ी। वह अपनी पूरी सामर्थ्य सहित गहराई से उछलकर हवा में लगातार फुहार छोड़ रही थी और पूंछ फटकार-फटकार कर उसने चमकदार झागों से पहाड़ सा बना डाला था। अहाब ने स्टॉरबक से कहा–'ऐसे घबराने से क्या है, सोचो तो सही अभी तक इससे हमारा कुछ बिगड़ा क्या?' और वह चिल्लाकर बोला–'ऐ हौसले से अपना हारपून सम्हालो और नौकाओं के पास पहुंचो। उतारो, नौकाएं उतारो, ज़ल्दी करो।'

नौकाएं पानी में उतरी ही थीं कि अपना जबाड़ा फाड़े, पूंछ फटकारती हुई, मोबी डिक क्रुद्ध होकर तेज़ गति से नौकाओं की ओर लपक कर आई, लेकिन कुशलतापूर्वक सधे हुए हाथों से हारपूनियों ने हर तरफ़ से उस पर हारपून चलाए और उसकी बढ़त रोक दी। हमारी नावों से लेकर मोबी डिक तक हारपूनों में बंधी रस्सियों का एक अजीब सा ताना-बाना, गोया मकड़ी का कोई जाला हो, बन गया। मोबी डिक के छटपटाने और करवट बदलने या पलटी मार लेने से रस्सियां उलझती चली गईं थीं। हमारी नौकाएं अब उसकी हिलडुल से प्रभावित होकर खुद ब खुद उसी की ओर खिंचने लगी थीं और हारपूनियों को नौकाओं में अपनी-अपनी जगह खड़े रहना मुश्किल पड़ने लगा।

वे पानी में लुढ़क जाने लगे। हमारी नौकाएं अब हमारे नियंत्रण के बाहर होकर, मोबी डिक की हिल-डुल से उसकी ओर ही सरकती जा रहीं थीं। रस्से हमारे अपने लिए मौत का बहाना न बन जाएं, इसलिए हमने खुद कुछ रस्से काट भी डाले और कुछ ढीले करने शुरू कर दिए। अचानक मोबी डिक ने फ्लास्क और स्टब्ब की नौकाएं अपनी पूंछ के झपट्टों से अपनी ओर खींची और फिर खुद अलहदा सरक गई। नौकाएं आपस में इतनी ज़ोर से टकराईं कि उन पर सवार सभी जहाज़ी लुढ़क कर पानी में जा गिरे। अहाब की नाव अभी तक अपने को ह्वेल की चपेट में आने से बचाए हुए थी। वह ज़ोर-ज़ोर से हुक्म दे रहा था–'खींचो, खींचो!'

दोनों मेट और उनके साथ के हारपूनिए और मल्लाह अभी डूबते-उतराते हुए अपनी नौकाओं को सीधा करने में लगे हुए थे; जब कि मोबी डिक अभी अपनी पूंछ फटकार-फटकार कर छप्पकछैया मचाती हुई पानी में उडल-विचल पैदा कर शिकारियों के लिए संकट उपस्थित करती जा रही थी। उसने अब तक हारपूनों से बंधी सभी रस्सियों को तोड़ डाला था। फिर जाने उसे क्या सूझा कि वह पानी में डुबकियां लगाकर बैरागी की सी मुद्रा में वहां से खिसक गई। उसकी पीठ में धंसे हुए हारपूनों से बंधी हुई रस्सियों के टुकड़े लपूछड़ों के मानिंद अभी भी लटके हुए थे। उस दिन का आपरेशन मोबी डिक वहीं रोक डाला गया।

अहाब को सिर्फ एक धक्का लगा था, उसका ह्वेल की हड्डी का बना पैर इस उठा-पटक में चटक गया था। स्टॉरबक ने जहाज़ वहीं पर ले आकर, एक और नौका समुद्र में उतारी और समुद्र में इधर-उधर तैरते या हिचकोले खाते सारे जहाज़ियों को उठवा-उठवा कर डेक पर मंगा लिया। अहाब और उसकी नौका को क्रेन से ऊपर चढ़ाया गया। मल्हम पट्टी करते हुए पता चला कि फ़ैदल्ला नहीं है। अहाब क्रोध से आग भभूका होकर बोला–'सारी नावों को जांचो-परखो, मल्लाहों और हारपूनियों को सम्हालो, बरछी-भाले फिट रखो–एकदम चौकस हो जाओ। चाहे दुनिया के दस चक्कर लगाने पड़ें–मोबी डिक को खोज ही लूंगा। उसे छोडूंगा नहीं।' और उसने ऐलान किया–'बचकर नहीं जाने दूंगा मारूंगा ज़रूर। आप लोग निगाह रखें।'

हम सभी को फ़ैदल्ला की मौत का सदमा हुआ; पर स्टॉरबक अभी भी अकेला ऐसा शख्स था, जिसे हमारी इस सामूहिक खुदकुशी से कोई हमदर्दी

कैप्टन गार्डिनर और अहाब सफ़ेद ह्वेल के बारे में बातें करते हुए

नहीं थी। उसकी बड़बड़ाहट बढ़ गई, पर हम लोग हमले की तैयारी में कोई कोताही नहीं बरतना चाहते थे, इसलिए लगे रहे।

तभी...

मोबी डिक फिर हवा के रुख की ओर दिखाई दे गई; फिर नौकाएं समुद्र में उतारी गईं और फिर संघर्ष के बावजूद हमें असफल लौट आना पड़ा। लालटेनों की रोशनी में लौटकर हम लोग हथियार पैनाने और नौकाओं को अभियान में इस्तेमाल करने योग्य बनाने में जुट गए। जहाज़ के बढ़ई ने अहाब के लिए एक नई टांग बनाकर दे दी जिसके ऊपर खड़ा होकर वह विकट भाव-शून्य शिकारी बना रहा।

अगली सुबह बहुत गरम थी। समुद्र एकदम साफ़ और शांत सा था। कहीं न कोई फुहार थी और न कहीं कोई ज्वार ही उठ रहा था। सूरज गरमाने तक कहीं कोई ऐसा लक्षण प्रकट नहीं हुआ जिससे ह्वेल की मौजूदगी का अंदाज़ा लगाया जा सकता। अहाब के आदेश से मस्तूलों पर चढ़े तीनों पहरेदार हर दिशा में चौकस निगाहें रखे हुए थे। दोपहर के बाद एक घंटा गुज़र जाने पर, मौसम तीन बिंदु गिर जा चुकने के बाद, वह राक्षसी पुनः आ खड़ी हुई!

जहाज़ पर हड़बोंग मच गया; सबसे ज़्यादा जल्दी कप्तान अहाब ही मचा रहा था–'खूब पैने बरछी भाले रखना, नौकाएं और चप्पू देखी जांची हुई होनी चाहिएं; रस्सियों की गुण्डलें टूटी हुई टोकरियों में नहीं रखनी हैं; हारपून मजबूत बैंटे वाले हों, जल्दी करो, जल्दी।'

स्टॉरबक ने फिर अहाब को समझाने की कोशिश की, लेकिन कप्तान ने उसे डांट दिया–'तुम यहीं रहकर जहाज़ देखोगे!'

किसी को प्रार्थना तक की सुधि नहीं रही। मैंने जल्दी-जल्दी दौड़ते-भागते भगवान से टेर लगाई–'हे परमेश्वर तू कब तक देखता रहेगा? इस विपत्ति से, जिसमें मुझे डाला है, मुझे छुड़ा! तू अपने शरणागतों को बचाता है; अपनी करुणा दिखा। अपने पंखों की ताईं सुरक्षित रख; अपने पंखों के तले मुझे छुपाए रखना...।'

आज मैं फ़ैदल्ला की एवजी में अहाब की नाव में था। नौकाएं समुद्र में उतरीं और जैसे ही जहाज़ से दूर हुईं सागर तल से हजारों शार्क मछलियां सागर की सतह पर उतराने लगी और जाने किस अज्ञात, असाधारण कारण से, अहाब की नौका को घेरकर उसकी पतवारें नौंचने लगीं।

'हटाओ इन्हें!' अहाब ने मल्लाहों को फटकारा और नौका ह्वेल पर हमला करने के लिए सीध में तीर की मानिंद दौड़ पड़ी। ह्वेल को खबर होते देर नहीं लगी। कल के उसके शरीर में बिंधे बरछे-भालों में अभी जंग नहीं लगी थी; गुस्से से पागल सी होकर उसने अपने पूरे ज़ोर को पूंछ में समेटा और नौकाओं की ओर झपटी। अहाब की नौका में एक ज़ोर की टक्कर मारकर उसने दोनों मेटों की नौकाओं के अगले हिस्सों पर पूंछ से वार किया। क्यूकेग और देगू अभी सम्हल भी नहीं पाए थे कि उस राक्षसी ने एक ज़ोर की फूत्कार छोड़ी और तब जो दृश्य दीखा उससे सभी की चीख निकल गई–उसके चारों ओर लच्छों की भांति लिपटी रस्सियों में फ़ैदल्ला का मुड़ा-तुड़ा शरीर फंसा हुआ था! रात भर पानी में रहने के कारण विकृत हो चुके शरीर की आंखे आश्चर्यजनक रूप से अहाब को अपनी ओर घूरती हुई सी लगीं।

समुद्र में मोबी डिक द्वारा जी तोड़ छप्पाकछैयां मचा देने से धुंध घिर आई थी, झागों का पहाड़ सा खड़ा हो गया था और अहाब की नौका अब अलग-थलग सी दीखने लगी थी। अहाब की नाव लहरों पर झूल रही थी। शार्क मछलियों के झुण्ड ने उसे फिर घेर लिया था। मोबी डिक नीचे ही नीचे तैर रही थी। एकाएक वह ऊपर आई और उसने सीधी जाकर जहाज़ में टक्कर मार दी। अब वह झाग उगल-उगल कर अपना सारा गुस्सा जहाज़ पर उतार रही थी। टक्कर मार-मार कर उसने जहाज़ को पूरी तरह हिला डाला, जिससे डेक पर खड़े जहाज़ियों को छठी का दूध याद करा दिया। ज़ोरदार धमाके के साथ जहाज़ ने मानो चीत्कार की। उसके निचले हिस्से में एक बड़ा सा छेद हो जाने से उसके भीतर तेज़ी से पानी घुसना शुरू हो गया। स्टॉरबक और जहाज़ की देखभाल के लिए पीछे छोड़े गए जहाज़ियों के अलावा जहाज़ के टहलुए, खलासी, नाई, धोबी, बढ़ई, लुहार फिटर, डॉक्टर और रसोईए अपनी-अपनी जान बचाने को जीवन रक्षक पेटियां बांधकर नीचे समुन्दर में कूद पड़े।

जहाज़ को डूबने के लिए छोड़कर अब मोबी डिक ने डुबकी लगाए-लगाए पानी में सतह के नीचे-नीचें ही तिरते हुए जाकर अहाब की नौका के एन-करीब अपनी मुंडी ऊपर निकाली। अहाब ने भी अब अपने पूरे शरीर का संतुलन बनाकर पूरी शक्ति से उसकी ओर तेज़ धार वाला बरछा फैंका–'ले मैं खून की आखिरी बूंद तक तुझसे लड़ूंगा, इसे झेल!' और फिर दूसरा भाला फैंका–'मेरे हृदय में संचित समस्त घृणा का उपहार तेरे लिए'; फिर एक और भाला

फैंका–'ले राक्षसी यह सभी जीवित और मृत जहाज़ियों की ओर से।' और फिर एक और भाला फैंकते हुए बोला–'मुझे बरबाद करने वाली नरकवासिनी ले यह मेरा बेजोड़ तोहफ़ा...।'

अहाब ने दर्जनों बरछी भाले उसकी ओर तेज़ी से फैंके जिन्हें खा-खा कर उसने कितनी बार छपाक्छैंया करते हुए समुन्दर में बवंडर खड़ा किया। उसके छोड़े हुए झागों से बड़ा विकट पहाड़ सा समुन्दर में उग आया था। पूंछ फटकारने से उड़े पानी से उठी धुंध ने समुन्दर के बीचों-बीच एक दीवार सी खड़ी कर दी थी। धुंध को चीर-चीर कर दोनों मेट भी अपनी-अपनी नौकाओं सहित मोबी डिक के विरुद्ध लोहा लेने आ डंटे थे।

मोबी डिक पर सब तरफ़ से बरछी, भाले, हारपून बरस रहे थे। वह भी जिधर की ओर रुख कर लेती, हाहाकार मच जाता। वह लोट-पोट होते हुए सागर तल पर पूंछ फटकार-फटकार कर नौकाओं के लिए भयंकर ख़तरा उत्पन्न करती और वे रस्सी ढीली कर उसकी चाल काट देते। कई बार उनकी नौकाएं उलटी-पुलटी भी, लेकिन युद्ध जारी रहा।

एकाएक उसने बड़ी ज़ोर से पूंछ फटकारी और हम तीन जन अहाब की नाव से बाहर आ गिरे। मेरे वे दोनों साथी जैसे-तैसे करके नाव पा गए, मगर मुझे लहरों ने दूर धकेल दिया।

मैंने देखा अब केवल अहाब की नाव ही बची रह गई थी, बाकी नौकाएं उलट चुकी थी और उनके जहाज़ी इधर-उधर पानी में हाथ-पांव मारते नौका पकड़ने की चेष्टाएं कर रहे थे।

मैंने देखा कि अहाब ने खटके से फैंका जाने वाला एक हारपून लेकर पूरे क्रोध के साथ ह्वेल की तरफ़ दाग़ दिया। पीछे-पीछे अग्नि बाण की सी फुर्ती से सनसनाती हुई रस्सी थी। जाने कैसे गुण्डली की टोकरी नाव के खांचे में अटकी जिसे मुक्त करने के लिए अहाब झुका। उसने वह निकाल भी ली; लेकिन एकाएक जैसे तुर्क अपराधियों का गला घोंटने के लिए फंदा कसते हैं, वैसे ही उसकी गर्दन में रस्सी लिपट जाने से वह उछल कर उस स्थान पर गिरा, जहां उसी समय मोबी डिक की हवा में उछली पूंछ वापस आकर पड़ी थी और यह सारा सब कुछ पलक झपकने भर की देरी में सम्पन्न हो गया। अहाब की नौका में सवार दूसरे जहाज़ी तक नहीं जान सके कि एक पल पहले तक उनके साथ खड़ा अहाब कहां गया?

अचानक अहाब की नौका में खड़े जहाज़ियों की नज़र डूबते हुए पिकोड की ओर उठ गई–'अरे हमारा पिकोड कहां गया?'

उस समय पिकोड के बड़े मस्तूल का ऊपरी भाग ही पानी के ऊपर दिखाई दे रहा था; अपनी उलट गई नौकाओं को सीधा करने की जुगत में लगे बहादुर मेट और हारपूनिए, जहाज़ से कूदे वे सब गरीब नाई और धोबी, अहाब की नौका के बचे हुए जहाज़ी, सब के सब जहाज़ डूबने के स्थान पर बनी एक विराट् भंवर में कब समा गए, मुझे पता ही नहीं चला–इतना ज़रूर था कि जब मैं खुद भी भंवर की लपेट में आने को था, तो मुझे एक ऊंची लहर ने उठाकर दूर फैंक दिया था और थोड़ी देर बाद समुद्र मुझे ऐसे ही शांत दिखाई दे रहा था, जैसा शायद पांच हजार साल पहले नूह को दिखा होगा–

उन सब बहादुर, लेकिन बदनसीब, जहाज़ियों में अकेला मैं ही दुर्भाग्य की इस कहानी को सुनाने के लिए बचा। जब लहरों ने मुझे ऊपर उछाला था तो हवा में ही मेरे हाथ में एक बड़ा सा लट्ठा आ गया था और पानी जब शांत हुआ तो मैं उस खोखले लट्ठे में लेट गया। यह वही लट्ठा था, जिसे मेरे मित्र क्यूकेग ने अपने शव को रखने के लिए जहाज़ के बढ़ई से बनवा लिया था।

एक पूरे दिन और रात मैं उस ताबूतनुमा डूंगे में तैरता रहा। फिर मुझे एक जहाज़ नज़र आया–उन्होंने मुझे समुद्र से उठाया और ननटुकेट पहुंचा दिया। यह वही जहाज़ 'रॉशेल' था जो अपने कप्तान के खोए बेटे की खोज में भटक रहा था, लेकिन मुझ अनाथ को खोजने में सफल हुआ।

अब मेरे पास सुनाने को नहीं, सोचने को यह ख़्याल रह गया है कि एक कप्तान की दीदादिलेरी से केवल पिकोड के जहाज़ी और कप्तान ही बरबाद नहीं हुए, बल्कि जाने कितने अवयस्क पितृहीन बालक, विधवा और पैंशनधारी बुज़ुर्ग जीते जी मर गए, क्योंकि वे पिकोड के मालिक थे। बहरहाल मैं तो यही विनती कर सकता हूं कि, 'प्रभु जो तूने किया बेहतर किया, उसको सहन करने के लिए हमें हौंसला प्रदान कर।'

•••

प्रश्नोत्तरी

1. यह कैसे आभास होता है कि व्हेल पानी की ऊपरी सतह पर आ गयी है?
   (अ) पानी का हिलना (ब) पानी में बुलबुले दिखना
   (स) पानी को शांत होना (द) व्हेल का चमकना
2. हारपून किसे कहते हैं?
   (अ) नुकीली कांटेदार बर्छा (ब) तलवार
   (स) भाला (द) धनुष
3. इस्माएल को न्यू बैडफोर्ड में कहां रात बितानी पड़ी?
   (अ) जहाज़ (ब) होटल
   (स) द स्पाउटर सराय (द) सड़क के किनारे
4. क्यूकेग कहां का रहने वाला था?
   (अ) इंग्लैण्ड (ब) यूनान
   (स) आस्ट्रेलिया (द) अफ्रीका
5. क्यूकेग एक शिकारी के अलावा किसका बिक्रेता था?
   (अ) मानव खोपड़ियों का (ब) कपड़ों का
   (स) भालों का (द) जहाज़ों का
6. शिकारी जहाज़ का कप्तान कौन था?
   (अ) क्यूकेग (ब) इस्माएल
   (स) अहाब (द) बिल्दाद

7. अहाब का एक पांव किसने काटा था?

(अ) पैलेग (ब) ह्वेल

(स) क्यूकेग (द) बिल्दाद

8. अहाब किससे बदला लेना चाहता था?

(अ) पैलेग से (ब) इस्माएल से

(स) समुद्री जीवों से (द) ह्वेल से

9. स्टॉरबक कौन था?

(अ) पिकोड का पहला मेट (ब) सराय का मालिक

(स) शिकारी (द) जहाज़ का कप्तान

10. मोबी डिक किसका नाम था?

(अ) शिकारी का (ब) सफ़ेद ह्वेल का

(स) जहाज़ के कप्तान का (द) भाले का

उत्तर

1.(ब), 2.(अ), 3.(स), 4.(द), 5.(अ), 6.(स), 7.(ब), 8.(द), 9.(अ), 10.(ब)